第一次不愛你就上手

夢若妍

沒有關係，就沒關係。「我愛你」，是兩個高級玩家最大的祕密。

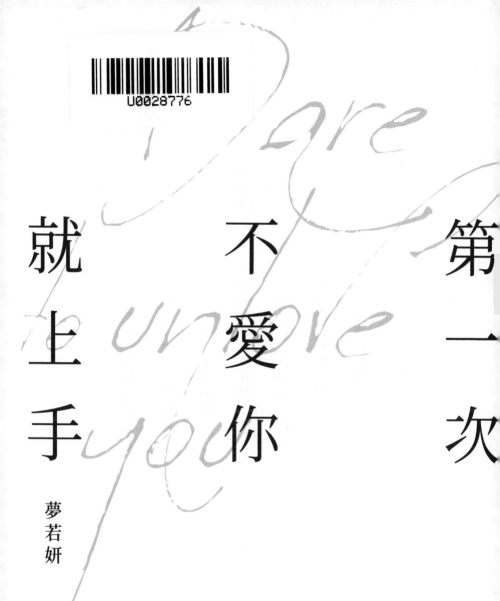

目錄

Dare to unlove you

【第一章】小鱷魚與兔子

"But that is the way I loved you."
"But that is no way to forgive you."

小鱷魚說
不是的　我並不想傷害你　我只是想給你一個吻
兔子想原諒牠的
可牠已經沒有嘴巴了

倪樂坐在咖啡店靠窗的座位，低眸在隨身的小冊子上塗鴉，冊頁上是一隻失去嘴巴的白兔，與一隻嘴邊殷紅的綠色鱷魚。倪樂知道世界上有許多種的愛，有些愛柔軟得恰到好處，有些愛如同鱷魚，愛得濃烈，以為熱烈的親吻，卻誤食了對方的嘴巴。

愛錯了方式，不就是一件要命的事嗎？

倪樂往窗外望去。秋末午後，外頭溫煦的日光由成片落地窗灑入店面，店裡輪播著爵士樂，如老舊唱盤刮出鋼琴彈跳的音階。倪樂收回目光，以紅筆反覆在鱷魚嘴邊塗抹鮮明的色彩，聽見周遭傳來腳步聲時，不由得泛起微笑。

她將小冊子收進提包，沉靜的視線落回攤在桌面上的文件。

「倪樂？」

一旁響起一道男性嗓音，倪樂抬首，只見一位青年站在一旁，眼底含笑。

被稱作倪樂的女子年約二十八歲，一身黑色套裝，長髮垂落在白皙頸邊，襯得高眺身線更加典雅。當她看見男子戴著無框眼鏡的斯文面容時，深沉地笑開眉眼。她說：「好久不見。」

男子見她並未起身也不介意，兀自湊近，笑瞇瞇地寒暄。

「最近好嗎？」

「很好。」

「我可以坐這裡嗎？」

「不可以。」

倪樂突然的拒絕讓正準備坐下的男子一怔，她臉上有著太過溫婉的笑容，與那樣單刀直入的語氣搭不上邊。

男子的手僵硬地從倪樂對面的椅背上移開，微笑乾在臉上。「為什麼？」

「因為不合適。」

倪樂闔上文件夾，斂下目光。

「別以為湊近我就能看見什麼商業機密。你的客戶我們搶定了，不是靠你來打探就能把客戶留住。」倪樂慢悠悠地將公司文件一一放入手提包，再抬眼時，眼中盡是玩味。「你的搭檔不累嗎？在對街那輛車裡觀察我也超過半小時了。她把你 call 來的？」

男子聽得笑出聲。

「妳還是那麼敏銳。」他伸手揉亂了倪樂的栗色長髮，笑道：「對妳來說真不知道是好是壞。」

倪樂嘴邊噙著得體的笑意，優雅地整理被撥亂的髮，纖細的手指將一側髮絲勾上白皙的耳，露出姣好的頸線。她明白自己的優勢，長相古典不宜輕浮俏皮，於是舉手投足，都習慣讓自己成熟細緻，這些，於職場於人生，都能成為她的手段。

倪樂移開目光，啜飲桌上的熱拿鐵。本以為男子會識相地離開，未料他反倒拿起手機，理直氣壯將他所謂的搭檔叫進了咖啡廳。倪樂依舊坐在木椅上，看著他們自顧著坐上她面前的座位。

「倪樂姊。」男子的女性搭檔縮起肩膀，對著倪樂點下頭。

她是徐如，身姿嬌小，看上去二十出頭的年紀，眼底有著火光。倪樂知道，這樣年紀的孩子在社會上為了證明自己，能賭上的籌碼可以有多驚人。

倪樂見識過，沒有興趣再見識更多。

「好了，招呼也打過了。我忙，你們在這慢慢聊。」倪樂俐落地抓起提包，離開座位，走向店門。

「等等。」

男子在倪樂即將推開門前拉住了她。手腕上的體溫讓她有些惱火，可在轉身時，她面上拉出了笑意濃厚的弧度。

「怎麼了？」

「一起吃頓晚飯吧。」男子說：「我欠妳的。」

倪樂聽著笑了，笑得不敢置信。「你欠我的只一頓飯嗎？」

她笑彎漆黑的眸子，傾身湊上男子的耳。

「你欠了我一輩子，韓紹。」

他聽見倪樂冰冷的聲音，蹙眉握住她的肩。

「妳還……」

「不。」倪樂打斷他未完的話，朝徐妡的方向瞥去一眼。「我沒在介意你們，我祝你們幸福，那一年我就說過了。現在，我只是闡明事實，如果加深了你的虧欠感，那我一點也不抱歉。」

倪樂輕輕撥開韓紹握在她肩上的雙手。

她看見韓紹眼底的困窘，聽見韓紹低沉著嗓音：「妳別這樣，大家還在同一間公司，沒必要搞得那麼難看。」

韓紹伸手想觸碰她的手，卻被她不著痕跡地避開。韓紹一愣，眉目凝重起來。

「我們還是朋友，那時說好的，還是可以互相幫忙。我希望妳知道，我從來沒想傷害妳，當初離開妳，一大部分也是為了妳好，妳因為我的無能丟了好幾個大單，更何況……那個人那麼照顧妳，比我更會照顧妳，有時我覺得他才是妳的另一半……」他苦著聲音說道：「無論如何，我們畢竟一起努力過，就這樣反目成仇真的太可惜了。」

倪樂不由得笑出聲音，笑聲連環而清脆。

「我不負責你的可惜。」她帶笑地撥攏自己微捲的髮，站遠了一步。「但你如果覺得請我一頓飯你心裡比較好過，可以，我可以答應。」

韓紹停頓下，瞠大細長的雙眼。「真的？」

「如果你再讓一個大單給我，就是真的。」

倪樂慵懶地拍拍他的臉，轉身時告知了餐敘的時間地點，不忘提醒：

「帶好資料，我今天就要看到你的誠意。」

＊

一頓晚飯，倪樂拿到了一單不好處理，但賺頭可觀的委託。

在鞋廠打滾三年的她負責洽商各大名牌鞋款的委製，爭取接單，為鞋廠帶來高營收的代工利潤。韓紹生性粗獷，並不拿手這單簽約金與客戶對品質細節的刁鑽程度成正比的委託，窗口來回協調，導致進度嚴重拖沓，這一切早已讓韓紹疲憊不堪，倪樂調查過後，就盤算著攔截這一單。

然而搶到大業績的愉悅，在徐炘側頭靠上韓紹肩膀的剎那，銳減了下來。

倪樂不是滋味地切起瓷盤中的肋眼牛排，臉上還掛著微笑，眼神更是柔軟。

「你們交往超過一年了吧，感情還這麼好，真不錯。」

韓紹試圖忽視倪樂這話背後可能帶有的不悅，堆起笑臉。

「是啊，這段時間也有辛苦的地方，我們很努力在調適，互相配合彼此的步調，不管是生活還是工作。」

「這樣啊。」倪樂點點頭，緩緩將分切好的牛肉放入嘴裡咀嚼。

「倪樂，既然我們已經把大單讓給妳全權處理，那麼之前妳從我們手上撈走的那一單……」

就在這時，倪樂的手機鈴聲響起，聲音悠揚卻分貝不小，在這樣氣氛寧靜的高級餐廳中顯得不容忽視。

「抱歉。」倪樂禮貌地致意後接起。「喂？」

「妳在哪裡？」電話那頭傳來相當沉穩的問聲。

倪樂微笑起來。

「我在和兩個老朋友吃飯，你也認識，一起來吧。韓紹說要請客。我把地址發給你。」她對著手機說完就掛上了電話，旋即按出訊息發送。

沒過幾分鐘，一位西裝筆挺的男人出現在他們面前。

「來晚了，抱歉。」男人揚起一側脣角，在倪樂身旁落座。

「幫你點了菲力。」倪樂接過男人手上的公事包，放在自己座位一側。

男人給了倪樂一個笑眼作為回應，倪樂恬靜笑著，坦然收下。無需過多言語的交流，讓韓紹與徐炘對於他倆現下的關係一時了然於心。

「你們開始交往了？什麼時候的事呀。」徐炘傾著身子，壓低聲音，像是小學年紀的學生湊在女廁聊八卦。

倪樂覺得好笑，並沒有接話。

韓紹拉了拉徐炘，以眼神示意別挖探。徐炘只得悻悻然坐直身子，鼓著腮幫子埋頭吃起自己盤裡的排餐。

不久，男人的菲力上桌。

韓紹抓住機會開了話題：「對了，剛剛我把A廠的單子讓給你們倪樂了，加上上次你們從我們這搶走的N廠那單，你們手上業務太重了吧？要不，N廠的單子還給我們做？你應該也知道，那專案我們跟了一段時間，也花了不少心思。」

「是嗎。這就是你請這一餐的原因，想把單子要回去？」男人切了一段菲力，又細心分切成小塊，一一遞到了倪樂的瓷盤裡。他笑道：「只可惜你們的心思不是N廠要的，做生意別幼稚，我們不能把廠商當作無腦的籌碼給來給去。」

這話就是說人家N廠有腦，不可能再要韓紹了。

倪樂聽得開心，翹著唇尾叉起男人給的菲力，輕快地送入嘴裡。

男人向服務生要了瓶紅酒，韓紹看著他眉眼間的沉著，也多少能明白為何總是這樣的人坐穩業績TOP 1。

水晶燈投下濃豔的光影，男人五官深邃，壓在濃眉下的一雙淺棕色眸子自信有神，笑時有著熟齡的深沉。男人有著與這樣紳士氣質相襯的名，奧杰。

奧杰身材頎長，高大勻稱的身線在西服合身的包裹下更顯挺拔，亮眼的外在條件襯得那身傲氣更加不容忽視，這一刻竟讓纖瘦的韓紹有些自卑。

徐妡看出韓紹垂下目光的姿態委靡，一下子不服氣了，一開口就是尖酸的語氣：「也是，畢竟搶得走就代表被搶的一方沒能力留住，這也是沒辦法的。」她直盯著對座的倪樂，意有所指：「無論是客戶，或是身邊的人。」

倪樂聽著停頓了下，緩緩放下刀叉。

這挑釁太過露骨，不由得讓倪樂感到難堪；太過突如其來的一刀，竟讓她憤怒之餘不由自主地眼眶一瘆。

奧杰見倪樂直盯著盤中的牛排不動，傾身附上她耳邊低語——

「妳要是敢哭，妳就死定了。」

奧杰的嘴唇貼著倪樂相對冰涼的耳梢。那語氣太過粗暴，與這一刻溫柔微笑的面孔背道而馳，如此表裡不一的舉止讓倪樂突然就安心了，無論世事怎麼改變，這人還是一如既往，真是太好了。這麼想著，倪樂不禁笑了出來。

愉悅的笑聲讓徐妡蹙了眉。

「笑什麼？有什麼好笑？」

倪樂聞言望了過去，漆黑的杏眼上下掃過一遍徐妡，那副纖長眼睫下無邊輕蔑的目光，讓徐妡不由得背脊發寒。

「笑妳。」倪樂咧出整齊的貝齒，手肘靠上桌沿的舉止依然高雅。

徐妡簡直恨死了那副老神在在，巴不得過去撕下那張面具般的笑臉，那張笑臉在職場上貶低她太多次，她怕到極致，終至成了憤恨。

韓紹看見徐妡咬牙切齒，又一次拉住了對方的米白色罩衫。袖口的拉扯讓徐妡更加惱怒，好像這下子所有人都在嘲笑她的沉不住氣。

她忍不住提高了音量：「笑我？笑妳自己吧，笑我什麼！」

「別在這裡大呼小叫，不好看。」倪樂舒服地挺直腰桿，如一隻甦醒的貓伸展利爪，塗著暗紅指甲油的手指捧上線條細緻的瓜子臉輕敲。倪樂又一次掃視徐妡氣紅的臉，她知道，那不只是眾人以為的憤怒，壓在怒火下的，是無邊無際的恐懼。

恐懼沒能達成業績。

恐懼摸不清對手的牌。

恐懼。

恐懼身邊的人，給不足底氣。

倪樂看向繃著一張臉的韓紹，蜜桃色脣線拉出完美的笑靨。

「就算是客戶，也分好客戶和爛客戶——何況是身邊的人。」她盯著眉目越漸沉悶的韓紹，話卻是說給徐炘聽。「妳別以為假惺惺的靠近我們就能拿回那筆訂單，N廠私底下和我們說得很明白，不要你們再插手。」

倪樂的眼神忽地冰冷，瞥向徐炘。

「妳知道這叫什麼嗎？」倪樂環住雙手，傾身湊近一臉愕然的徐炘。「這叫你們能力太差，我們好心替你們擦屁股。小、朋、友。」

徐炘的臉一陣慘白，倪樂愉快地笑了。

「雖然這種事不適合說給妳這樣的當事人聽，不過既然妳好學的問了我在笑什麼，我也就不忍心瞞妳。」倪樂伸出一隻手，捏上了徐炘的下頜。「我笑妳無知。滿意了嗎？」

語落，只見徐炘原本盈滿火氣的丹鳳眼倏地含滿了淚。倪樂的手指感受到她呼吸的發顫，不由得笑得更加歡快。

「好了，以後別再丟人現眼了。」倪樂收回纖白的手指，拿起餐點隨附的軟布擦了擦指尖。「現在，起碼有點自知之明，知道自己多差，才有進步的可能。就當給妳一點建議，不客氣。」

徐姸一聽，難過得抓起肩包就往外走。韓紹眼見事態已無法收拾，索性將鈔票放上桌，簡單告辭就隨徐姸出了餐廳。

倪樂往他們消失的店門望去一眼。

「別看了，酒來了。」奧杰將剛上桌的紅酒開瓶，往倪樂的高腳杯裡斟了三分之一。

倪樂回過頭，輕輕捧起酒杯搖晃。

「平時老阻止我喝酒的，怎麼今天給我喝了？」

奧杰聽了只是微笑，在桌底下安靜地牽住倪樂的手，捏了捏，沒有回答。

周圍盡是輕盈的琴聲，倪樂隨奧杰的視線望過去，看見面前少去對座兩人的景緻是一片四方窗，窗扇倒映著他們的模樣。

他們是如此登對靜好，猶如一組精心挑選的人偶，被木質窗框給框成了相片。

真好看。

倪樂回握那隻手，由衷感到了溫暖。

＊

奧杰平時不讓倪樂喝酒，自然是有原因的。

「我重不重？」倪樂這會兒一身酒氣地趴伏在奧杰的背上，一側臉頰壓在他的肩頸而顯得問聲模糊。

奧杰無奈地嘆息，雙手捧穩倪樂胡亂擺動的雙腿，背著倪樂走在剛下過雨的潮溼巷弄。巷道杳無人煙，四周住宅靜得只剩屋簷滴落積雨的聲響。

「我手都要斷了，妳說妳重不重？」奧杰磁性的嗓音這一刻聽來寵溺。「我說啊，妳不能耍帥之後總要我收爛攤子啊。」

倪樂紅撲撲的臉綻開大大的微笑，她收緊圈抱在奧杰頸項上的雙手，磨蹭了下他的耳。

「你讓我耍帥的。」倪樂掐著聲線說話，竟有種撒嬌的味道。「我本來都要哭了。」

「哭有什麼用。」

「用處大了！」倪樂忽然激動地挺直背脊，雙手掐上奧杰寬厚的肩。「哭了就是受害者，這個世界都他媽的同情弱者！」

倪樂這一挺胸，重心往後，害得奧杰險些被她給往後帶，趕緊扎穩馬步找回平衡。

「妳別亂動！」奧杰往前傾，讓倪樂趴回原位。他側過臉瞪了眼神迷濛的倪樂一眼，語氣不由得就凶狠了些：「妳再胡鬧，我就直接把妳扔進那邊的垃圾箱。」

倪樂腦子一片混沌，朝奧杰目光的落點望去，只見社區門外的綠色子母車被旁邊一支路燈給照得陰森，那尺寸剛好可以裝她的屍體。

倪樂下巴一皺，鼻腔一痠。

「你為什麼要凶我……」她突然好委屈。這一路走來她多用心讓自己變得優秀，多戰戰兢兢地維持優雅，不過是剛剛說話大聲了一點，就被這個輕輕鬆鬆待在金字塔頂端的人罵了胡鬧。「我沒有胡鬧！我這輩子都是乖乖牌，為什麼乖乖的就不吃香……」倪樂越說越覺得自己好可憐，居然哭了起來，含糊的叨念：「你還要凶我……」

接著嗚嗚嗚就變成了嘔嘔、嘔——

奧杰覺得自己衰得夠嗆，吊著三白眼細細感受著右肩一陣潮溼的暖意。這就是倪樂被奧杰禁止喝酒的原因，酒量差不說，醉了表面還能神智清醒的與人對話，但說超過三句，就能察覺她變得相當神經脆弱，敏感，多話，還很容易嘔吐。奧杰往左別過臉，深吸了一口清新空氣，閉氣，加快腳步終於走到了轎車旁。

方才用餐的餐廳遠近馳名，以至於停車位難尋，在電話裡他聽出倪樂的強裝鎮定，只好匆忙停在這樣一個距離餐廳兩個街區的車位。用祕方醃製的牛排是那間餐廳主打的特色品項，當奧杰將倪樂塞入副駕駛座時，他只覺倪樂是他這一生的特色品項，遇上她，總能特別衰。

＊

奧杰把倪樂帶回了自己的住處，一進門就把倪樂扔上沙發，脫下自己身上發酸的西裝外套。

「妳這傢伙，把我吐得亂七八糟，結果自己乾乾淨淨的。」奧杰由上而下睥睨仰躺在沙發上的倪樂。

倪樂咯咯笑起來，抓了一只靠枕抱在胸前。

「對，我很愛乾淨。」

語畢，她給了奧杰一個「我很棒吧」的微笑，那莫名得意的笑容讓奧杰一下子哭笑不得。

「妳休息一下，我去沖個澡再送妳回家。」

一片無燈的昏暗中，倪樂撐著沉重的眼皮，看見窗外透入的路燈淡淡描繪出奧杰剛毅的輪廓。奧杰褪去西服外套的姿態顯得更加魁梧，白襯衫劃出寬闊的肩，黑色西褲束出一副窄腰，與修長筆直的腿。

「你真好看。」倪樂一陣暈眩，側過身橫臥在沙發上，不由得說出稍早在餐廳看見窗上倒影時的所思所想。「你的那些畫，都沒有你好看。」

她指向一旁的畫室，衝著奧杰笑得更加燦爛。

奧杰往她手指的方向望去。

畫室的門半敞，淡然的微光下，裡頭略微凌亂的畫具散落一地，畫架上的畫布有著未完成的畫作，色彩斑斕。

奧杰以鼻息吁出短促的笑。

「我的畫，沒有我好看？」他笑得露出虎牙。這小傢伙究竟是拐彎稱讚他呢，還是拐彎罵人畫得差呢？

奧杰走近，蹲在她身邊掀著她微啟的唇，笑道：「我還想畫妳呢。」

酒意未退的倪樂聽不出他的反譏，一張小臉湊近了奧杰。

倪樂睜著大眼與他對視，語氣竟是由衷的困惑：「我這麼漂亮，你怎麼畫得出來？」

奧杰立刻笑出了聲。

確實，倪樂的漂亮放在現今審美，十之八九會被歸類於氣質層面的婉麗，那是一種難以描摹的韻味。

奧杰的手指輕輕掠過倪樂的臉。她有著一對杏仁形狀、尾端上揚的眼，她的鼻梁高挺，唇瓣的弧度因唇珠圓翹而略顯脫俗。奧杰認識她超過十年，他看得出此刻倪樂的眼神含藏何種深意。

倪樂壓低眉睫，漆黑的視線滑過奧杰的喉結，下頷，終至奧杰唇形起伏的嘴。她的氣質始終古典，卻帶著一股溫水煮青蛙的危險。

倪樂緩緩微笑，伸手攬過奧杰的後頸，忽地含住了奧杰相對溫熱的唇尖。突如其來的唇瓣摩擦沒讓奧杰意外。奧杰眼中濃郁的笑意流轉，近距離望著倪樂的眼神，軟得能夠擰出水來。舌尖輕觸，緩慢吸吮，在旖旎的水澤聲響中，奧杰捧起她的臉，更加深了這一道親吻的繾綣。

當彼此稍微停頓，在唇與唇放過對方的片刻，倪樂聽見自己滿足的喘息。

「你真好吃。」她像是讚美盤中的餐點，語氣滿是讚許。

奧杰又一次抵上她的唇，沉沉笑了。「那真是謝謝妳的肯定。」

倪樂點點頭，一副真心感到不用客氣的神情，看得奧杰又是一陣笑聲。

第一次不愛你就上手

Love to unlove you

Dare to unlove you

【第二章】彩虹魚與龍王

"Please forgive me, I'm too timid."

倪樂醒來的時候，窗外陽光已鋪滿了整間臥房。

她撐開眼，慢慢適應周遭的光亮。

圓形頂燈，藏藍色壁紙，四方木門大敞，門的右側擺著一張鐵灰色書桌，左側是巨大的金屬書櫃，裡頭卻沒有太多藏書。

那樣貧脊的書量讓倪樂一下子意識到，這不是她的臥房。

她環顧四周，房裡只有她一人。她張開乾澀的嘴，喊了幾聲奧杰，房外並無回應。她側過身看了一眼床頭櫃上的時鐘，上午十點四十五，緊接著想起今天是她的特休，可並不是奧杰的假日。下一秒，她擠著腦袋思考自己是怎麼到了奧杰的住處，又是為什麼睡在奧杰的床上。

一個人頓悟，真的就只需要零點零一秒。

倪樂瞠目掀開棉被，低頭看見自己一身光裸，隨即明白——

她失控了。

又一次。

「不是吧……」她捂臉低下頭，發出懊悔的低吼。

接著她抬起臉，面上一瞬間恢復一貫的冷靜沉著。

停。

不要大驚小怪。

紊亂的腦海裡還存著一些昨夜的零星片段，她的索求更像是高姿態的、玩笑般的勾引，奧杰才是正式侵略的一方。

好。

可以。

這叫對方禁不起誘惑。

「沒關係，不是什麼大事。」倪樂用只有自己能聽見的音量對自己嘀咕。「不會改變任何事情。」

沒有關係。

她並不是被施捨的。

沒有關係。

倪樂閉上眼，抓緊被褥，深深地汲取空氣。

空氣中有奧杰的氣味，就像那一年，在下班後幽暗的儲藏室，公司僻靜的頂樓，並且無論隨冬夏寒冷或暑熱都只想汲取對方的時候，她所聞見的、那一道氣味。

在那一而再，再而三被索取體溫的時候，他們對彼此毫無期待，一切簡單得太過健康。

倪樂望出床旁的窗，外頭的日光逐漸被雲層遮擋。光線弱下，她從窗扇中望見自己的倒影。她想起昨晚，在西餐廳的那一刻。

那一刻，她看見他和她擺在一塊，多好的模樣，然後——

然後她的心裡滋生了從不該有的想法。

倪樂鬆開抓著被角的手。

她闔上眼。她的手撫過自己飽滿的唇瓣，再滑下頸項，輕按線條美好的鎖骨，那手指的力道，溫柔的游移，彷彿昨夜奧杰撫摸的觸感。倪樂微笑起來，在零落的回憶裡仔細回味。

在她忘卻以前，她會好好品嚐那一切，包含那一記無法言明的念想。

在她忘卻以前。

倪樂含笑地在閉眼的黑暗中，想起奧杰對她投以的眼神，那樣溫煦趨近寵溺的、攸關愛的目光，讓她感到滿足。

在遺忘以前，這些都是真的。

還是真的。

倪樂均勻呼吸，感到前所未有的平靜。她的手指輕輕劃過鎖骨，再沿著脖頸回到唇尖。

每一次的飽餐一頓，她總是心存感謝。

可是現在——

三。

二。

一。

她放下手，緩緩地睜開雙眼。

現在。

「我睡醒了。」

她睡醒了。

她翻身下床，拾起散落在床腳的衣物一一穿上。她的動作慢條斯理，有條不紊。

她睡醒了。

她不過是誤吞了一場夢而已。

走出房門的時候，她一身整潔的黑白套裝，窄裙平整，捲髮滑順地吃上燈光的溫潤色彩。

倪樂拿起手機一面處理起昨夜擱置的業務，一面在玄關穿上了高跟鞋。打開大門離開的時候，她知道自己已經想不起那個不該有的想法。打從第一眼見到他，就知道不許產生的、那一份想法。

沒有關係。

因為他們的沒有期待，是那麼健康。

她沒有整理床褥，他不會抹煞發生過的盡興，只需要謝謝彼此的招待。

這樣很好。

他和她之間沒有關係，所以沒有關係。

＊

回到自家的倪樂換上居家服，蜷縮在花布沙發上。

她的住處距離奧杰的家門只有四步遠。

他們就住在隔壁。

這是一幢八層樓的高級住宅，奧杰與倪樂住在四樓，都是獨自居住的租屋戶。社區大樓管理得井然有序，一樓設置了日式涼亭及溫室植物園景致，建築物後方設有公共泳池與健身房，頂樓甚至鋪設了空中花園，各個出入口更配搭了訓練有素的管理員，管委會所建立的福利機制更是令人讚賞，這樣的住屋條件，自然反映在租金上。

當倪樂在第一年進公司就打破奧杰業績ＴＯＰ　1的蟬連紀錄，短短一個月後，她就閃電般租下了這一套房。她是做足了功課，曉得奧杰就住在這一棟樓，這一層房型。沒有什麼能比趕上奧杰的成績更讓她得意的了，她畢竟小了他不少歲，能在這樣的年紀與他站在同樣的水平，她光想就能笑得開花。

這一棟樓以五樓為租金分界，五樓之下是單人套房，租金落在中高價位，五樓以上則全是大坪數房型，住的全是非富即貴的大戶人家，租金可觀。

當年她一個單身小少女入住時，就知道住進這樣高檔的公寓除了能證明自身能力外，還能打一手閒暇之餘釣釣富家小開的小算盤。

結果才愉快地定案，第二天上班，她就在等電梯時與奧杰碰個正著。

他們看了看彼此，笑了一笑。

「好巧。」

「是啊。」

「妳搬進來了？」奧杰指著她手上的一串鑰匙，笑開眉眼。「妳該不會就是我神祕的新鄰居吧？」

「正是。」倪樂收起鑰匙，聳了下肩。「本來想給你個驚喜的，結果敗在這個平凡無奇的巧合，我也是認了。」

奧杰聽著笑出了聲：「怎麼去上班？」

「搭公車。和以前一樣。」

「等車很麻煩吧。」奧杰在電梯門打開時讓倪樂先進了梯廂，隨後走入，一手按亮了B2按鈕，一手提起手上的車鑰匙。「坐我的車？」

電梯門關上後，倪樂抿出無懈可擊的禮貌笑容。

「不用了，載我很麻煩吧？」

「同公司，同部門，妳這麼問不會有點矯情嗎？」

奧杰的笑眼狡黠，讓倪樂一下子笑了。

於是每一個工作的早晨，四樓的402號住戶，就這麼載了403號住戶，整整三年。

她想，或許她釣小開的幹勁就是這樣被磨光的。

402號住戶的上下班接送，以及偶爾帶著鹹酥雞造訪，更別提假日的電影邀約，這些普羅大眾眼中的情侶行為，讓403號住戶不僅沒釣到半個小開，小開在樓下花圃撞見她時，還會讚許她男友幾句。

「前天晚上我在停車場看見妳和妳男朋友，你們總是同進同出吧？很登對喔。上次我還在電梯裡遇到妳男朋友，那次難得妳不在他旁邊，他提著一包炸雞說是要給妳當消夜的。妳男朋友很疼妳啊。」

六樓年輕小開的一席話，把倪樂想說的話全哽在咽喉，只能給出一個不失禮貌的微笑道謝。她還想告訴對方當初她剛搬進來，他可是她的首要目標呢。

這也是小開撞見她時她會多聊兩句的原因，當年她可是經過一番調查才製造好幾次人為的巧遇，上前和小開攀談又故作自然的自我介紹——不，自我推銷，小開當然也就多注意了她一點，只是每次小開注意她時，就會注意到她身旁人高馬大的奧杰。

結果稀里糊塗就過了這些年頭，人沒拿下就算了，還祝她百年好合。

倪樂抱著膝蓋往沙發裡又縮了一縮，回想起這一切的時候，她都只能責怪一個人，奧杰。

她想著想著眉頭就皺了。

他從來也不是她的男朋友，可外界注視他們的目光，就像韓紹或小開注視他們的角度一樣，給予的定義是那麼曖昧不明。倪樂有時想要自清，可話到喉頭卻說不出口。

誰要有時候就連她自己，也看不清楚。

＊

海裡有一隻光彩奪目的　年輕的彩虹魚
牠身姿綽約　談吐得體　在龍宮裡深得龍王的喜愛　變作
那一年備受疼愛的寵妃
海洋敬畏的龍王　臣服在牠身下的模樣　讓牠
在海裡流出眼淚

龍王說　妳為什麼哭泣
彩虹魚搖搖頭　給出了一個　比流淚還要悲傷的微笑
一個季節後　彩虹魚有了新歡
龍王勃然大怒
妳為什麼這麼做　妳怎麼不愛我
面對龍王的質問　彩虹魚給出了一樣傷心的笑容
因為啊　我親愛的龍王
牠說
我曉得我是你這一年的愛妃　我是你
這一年　最寵愛的玩具
所以
牠笑出聲音卻　像是哭出聲音
所以　牠說
我得在愛上你以前　趕緊愛上一個　只愛我的
親愛的龍王　請你諒解
我只是太害怕自己　對這場遊戲認真了而已

倪樂在自家矮桌的白紙上塗鴉。她用黑色原子筆畫了一隻拖曳著長長尾鰭的魚，與拄著三叉戟的海底統治者。那隻長尾巴魚，是在奧杰家中的畫布上一再出現的魚，倪樂一次又一次偶然窺見它。同樣，在奧杰過去的冊子裡，倪樂也見過同一條魚的各種身姿，被奧杰以水筆沾上各種軟暖的色調。

她猜想那條魚於他而言可能非常重要，以致她從來也不敢輕易挖探。

她瞅著自己筆下以奧杰的魚為原形的彩虹魚半晌，想著奧杰的魚興許像是童話中龍王身邊的彩虹魚一樣，被珍重地看待。在那些時光裡，牠是不是也有些惶恐害怕。

怕著哪一天，龍王的身邊不再有牠。

後來，她收起畫好的塗鴉，也收起差點氾濫的情緒，在家看了一上午的美劇，又靠在沙發上睡了個午覺。

當她被桌上手機的來電鈴聲吵醒時，已是下午兩點。

看到奧杰的名字出現在螢幕上，倪樂吸了吸鼻子後接起。

電話那頭劈頭就是一句：「喂？李董。」

倪樂蹙眉將手機拿到面前確認，確定是奧杰，又將聽筒靠回耳邊。

那頭又傳來奧杰低沉的嗓音：「喂？聽得見嗎，李董。不好意思剛剛漏接您的電話，現在方便說話嗎？」

打錯電話？不可能。

生性嚴謹的奧杰不會在大白天就忙暈頭。倪樂迅速設想過一遍可能的現況，立刻笑了起來。

「怎麼，你又犯桃花了嗎？」倪樂看好戲般的興奮語氣帶笑：「這是求救電話？」

「是，上次的專案我們團隊都有在跟，出什麼問題了嗎？」

電話那端的奧杰不帶痕跡地用沉穩態度暗示，讓倪樂回想起自己學生時期也經常接到他這樣的求救訊號。

「唉，麻煩。」她笑得一肚子幸災樂禍，換了姿勢側臥在沙發上。「我休假欸，飯都還沒吃，正想等等泡個泡麵看韓劇。」

「是，我理解，很抱歉給您帶來困擾，這部分我會再叫同仁多加強。」

無論她的語調如何懶散又如何挑釁，奧杰依舊一副處理公務的業務態度。對於奧杰的高超演技，這些年倪樂早已司空見慣。

她笑開眉眼，雙腳踏上長毛地毯，翻身由沙發上婀娜站起。

「你欠我一次啊。」她這是答應救援了。倪樂為待會的演出感到雀躍，問聲輕盈：「地點？」

奧杰明顯鬆了口氣。

「謝謝李董體諒。」他一本正經地報出所在位置：「我們今天在飯店宴會廳辦酒會，同仁無法立刻反應真的非常抱歉，酒會結束後，我會第一時間找他們開會檢討。」

「是是，這就過去。撐著點啊。」

語落，倪樂愉快地掛上電話，走入了臥室。

她的臥室不同於奧杰的臥房，她的床鋪全黑，壁紙大紅，成片木板地覆滿了棕色地毯，門框則突兀地漆成了相當淡雅的鮭魚粉。倪樂對於這樣的配色相當滿意，奧杰只覺得那牆壁豔得刺眼，住久了會得精神病的。

倪樂拉開衣櫃，在木門滑過滑軌的摩挲聲響都尚未停止時，右側數來第五件洋裝就已經被不假思索地抽了出來。

她彎腰揀選了一雙帶金屬扣環的黑色短靴，轉身闔上木門的同時，另一手甚至已經掀開了一旁的古董化妝箱，精準地捏出左側第三層的白鑽耳環。

倪樂著裝的速度堪比她完成專案報告的速度，穿個衣服像在拚業績。前後不到五分鐘，她已是一身漆黑。黑色讓她感到安全，自信。倪樂站到連身鏡前，從頭至腳仔細地檢視自己。

薄針織洋裝彈性貼身地顯出她的上圍與細腰，膝上的短裙襬輕輕包著圓翹的臀線；透膚的蕾絲領口落在肩膀邊緣，低跟短靴更是襯得她細瘦的踝骨白皙精緻，素雅的垂墜耳環，在她大波浪捲的栗色長髮下若隱若現。

她滿意地頭輕點，瞥過一眼衣櫃邊上掛滿的皮包、配件，很快取下其中一只銀灰色晚宴包，再回過身由矮櫃上揀選一只深棕色牛皮皮夾。

到了酒會現場，倪樂很快找到了奧杰。

奧杰正站在水晶燈下方，捏著高腳杯的玻璃杯腳。奧杰是出了名的滴酒不沾，他的杯裡是再普通不過的檸檬水。而站在他面前的，是一位看上去年齡與他相仿的三十多歲女子，她身著米白褲裝，俐落的亞麻色直髮短在肩際，眼尾略垂的神態竟有種鄰家感。

倪樂筆直地走了過去。

「抱歉，來晚了。」倪樂站到奧杰身邊時，立刻扭開了手上的晚宴包，將裡頭的皮夾遞給奧杰，與此同時，她轉向那位女子。「您好，不好意思打斷你們的談話，我是業務部的倪樂。」

女子見她伸出一隻手，也就禮貌地握上。「你好，我是法務組的組長，敝姓薛。」

只說姓不說名，也毫無給名片的打算，語氣又泛著濃濃的距離感。倪樂微笑起來，這正是她要的反應。估計方才那「女友替男友送來皮夾」的戲碼頗有成效，那牛皮皮夾壓根不是奧杰的，那就是一項道具，倪樂特意選了個看上去中性的皮夾，無論如何都能引人無限猜忖。

感情的角力那麼有趣，真實與否，真的重要嗎？

倪樂綻開燦爛的笑靨。

「薛組長您好，很高興認識您。如果您不介意，我可能要借走奧杰了，有點急事。」

「哦？什麼事這麼緊急？」薛小姐一手捧著酒杯，一手故作緊張地捂在嘴邊。「是妳工作上出什麼問題了嗎，要他幫妳救火？那得趕快，別拖到時間了。」

她的姿態看上去是那麼誠懇地替倪樂擔憂，說出的話，卻句句都在質疑相對年輕的倪樂。倪樂看著她露出一副「哎呀年紀輕，也難怪容易搞砸呢」的憐憫神色，不由得笑出聲來。

沒有人，能質疑她的工作能力。

倪樂停止笑聲，薛小姐看見她宛如鬼魅的陰暗眼神。

「並不是工作出問題喔，薛組長。」倪樂彎起唇瓣，語氣陰鷙：「至於是什麼事，我想我們並不需要向法務組報告。」

話畢，倪樂挽上了奧杰的臂彎，側頭靠上他的肩，動作自然親暱。

「如果有接到案子需要與貴單位討論，我們會主動聯繫的，謝謝薛組長的關心。」

倪樂說這話時，神態一下子恢復如常，讓對方一時不知該如何接話。

奧杰喝了口檸檬水，嘴角明顯上揚。

「是的，有需要會再和貴單位聯繫。」奧杰挽緊了倪樂纖細的手，對著薛小姐露出有禮的笑臉。「至於您私下的晚餐邀約可能較不方便，近期手上的案子真的多，何況我身邊還有個小醋桶子。」

不待薛小姐反應過來，奧杰便欠身致意，領著倪樂轉身告辭。

＊

走出宴會廳前，奧杰將手中的高腳杯放上一位侍者的托盤，而倪樂不著痕跡地多看了那位男性侍者一眼，隨後環視了現場一圈。

那打量現場男性的目光炙烈，讓一旁的奧杰不禁笑了。

「妳評鑑的樣子不會太招搖嗎？」

倪樂聽著撩起嘴角。「幾歲了還嬌羞呢，又不是小高中生。」

奧杰一下子攬上她的肩，湊近她耳邊。

「我們的關係在公司裡傳得可凶了，妳早就被貼標籤了。」

「這麼說我是死會了？」

「妳有沒有死會我是不知道，但在其他人眼中多半是的。」奧杰志在必得的眼神含笑，他勾起一側唇角，單手拉鬆了西服領口，另一手泰然自若地順了順倪樂的髮尾。

並肩走出廳門後，倪樂踏步到奧杰面前。他們停在右側的沙發席前，奧杰任由對方替他整理藍色領帶。

倪樂伸長手替他梳整漆黑微捲的短髮，並踮腳貼近他的耳。

「這年頭死不死會並不重要，死會活標不是更有爭取的價值嗎？」倪樂的雙手捧上他略帶鬍碴的臉，嗓音酣甜：「我被爭取的價值來自於你多優秀，說穿了我還得謝謝你呢。」

這充滿挑釁的歪理激起了奧杰的回憶，他想起曾經的畫面，竟不由自主地掐上她的手腕。

她察覺自己的雙手被猛力掐握得有些不尋常——這不是奧杰平時對待她的力道。

倪樂立刻板起了臉。

「放手。」

她沉聲的命令，讓奧杰瞬間恢復理智，鬆開了她的手腕。她的腕間浮現一圈紅印。

倪樂垂下圓滾的眸子，盯著手腕上的痕跡，殷紅的嘴角浮現感到荒謬的笑意，再抬眼時，奧杰看見她黝黑的眼底，一片荒蕪。

「你給不起的，你不能要。」她說：「這你還是知道的吧？」

奧杰聽了，幾乎是立刻明白她指的是什麼。

「妳想說什麼。我給不起愛？」奧杰沉下臉，語氣微慍：「我說過了，愛本來就有無限多形式，難道只有配套一系列漂亮話的才算得上愛？十三年了，妳的思維還是這麼狹隘。」

「漂亮話？」倪樂不敢置信地嗤笑。「如果你有身為人類該有的常識的話，就知道那叫做『承諾』。承諾是指受要約人同意接受要約條件，從而訂立口頭約定或紙面合約的意思表示。」

倪樂刻意以學術口吻強調。她意識到自己的情緒開始波動，語調帶上了不容忽視的刻薄。她不喜歡自己這一面的模樣，可她控制不了。她想起了第一次看見奧杰的場景，她同樣不喜歡奧杰那一面，可她曉得他也控制不了。想著那一切時，昨夜在窗上倒影看見的他倆美好的模樣，她竟想不起來了。

也好。

人都要醒的。

倪樂深沉的眸子一瞬間變得鋒利。

奧杰看出她臉上的倔氣，可他從來也不是容易動搖的類型，他這一生，只奉行自己深信的道理。

「倪樂，收起妳的情緒化。」奧杰單手掐上她的下頷，提高了她的臉。「回答我，如果妳沒有到過未來，妳怎麼確定妳能達成妳說出的承諾？」

倪樂明亮的雙眼映上水晶燈的碎芒，奧杰知道她生起氣來伶牙俐齒，於是他壓根不等倪樂回話，逕自說道：

「說穿了，沒有人能保證白頭偕老，到躺進棺材前，那些還沒做到永遠愛一個人的『意思表示者』，都只是滿口漂亮話的騙子。」他傾身湊近她的臉，神情認真。

「倪樂。」奧杰放輕了聲嗓：「不要這麼廉價。」

那彷彿溫柔教誨的語氣，讓倪樂一瞬間燒起怒火。

廉價？

「廉價？」倪樂伸手擋開他捏在她頷上的手。「我廉價？你是說這世上所有願意做出承諾的人都廉價嗎？所以怎麼了？只有你這樣連未來都給不起的人，才夠高尚嗎？」

奧杰看出她已經瀕臨爆發，立刻抓住了她的手，將她的手掌包握在自己的雙手中。

「不是妳廉價，我指的是妳認定的愛，太廉價了。」

未料奧杰的這一句話並沒有為他扳回局面，倪樂已聽不進任何解釋，奧杰意識到她的手在發抖。她要失控了。

「你知道真正廉價的是什麼嗎？」

倪樂低下臉問。她試著抽回手，卻反被奧杰握得更加緊密。

「妳冷靜點，倪樂。看著我。」

「你有沒有想過，為什麼我總是在和你最親密的時候，找上別人。」倪樂沒有抬頭，扇下的眼睫顫動。她的憤怒正快速地變作悲傷，聲音輕得像風一吹就能散，她說：「因為，我得在對你認真以前，愛上另一個人。」

因為——

「因為你給不起我的，我不能給你。」

倪樂望著白瓷地板的視線開始模糊，淚水積起一層薄霧。她聽見不該坦承的言語，從顫抖的體內通過她發燙的喉。

倪樂並不想在公共場合失態，聽見周圍來往談笑的人聲不斷，她終於忍不住在掉淚以前甩開奧杰的手，掉頭就走。

奧杰被突然的大力道嚇得一怔，下秒回神就看見倪樂拐入了一旁的樓梯口。立刻追了上去。

螺旋式的樓梯間內陰暗無人，奧杰一下子摸不著她是上樓了還是下樓。

「倪樂！」

奧杰一面呼喊，一面細聽高跟鞋敲擊階梯的聲響。聲源似乎是由下方傳來，幾乎是辨認出的同一時間，奧杰就三步併作兩步的往樓下跑去。

追了兩層樓後，奧杰扯住了倪樂的手肘。

倪樂在一片灰暗中轉身對上了奧杰的眼，須臾之間，她想起那些幽微零落的時光下，她所見過太多次的專注目光。

那是懂得愛的人才會有的眼神，他憑什麼用這樣的眼光注視她？

倪樂蹙眉抿脣，憤慨地甩動手臂，扭著身子想脫離箝制。

「倪樂！別鬧！」奧杰怕黑暗中傷到她，索性將她按上了牆。

倪樂察覺自己的雙手手腕被奧杰一隻手揪在了身後，無法掙脫。當奧杰另一手扳住了她的臉，她再也無法克制地吼出了聲——

「我有多努力才能不愛你你知道嗎！」

奧杰一愣，看見微弱燈光下，她淚流滿面的模樣。倪樂不住抽噎，她想別開臉，但奧杰扳在她頷邊的手沒有鬆，這讓她對於自己的無能為力感到更加挫折。這麼多年，在他面前除去歸屬與依賴，就只剩下一地難堪。

她撩起一側嘴角，笑得嘲諷。「我有多努力去愛那些人，我就有多努力不愛你。」她的哽咽中帶著嘲笑，她用著諷刺自己的語氣，讚許自己：「這些年，我一直做得很好。我真的很努力了。」

她用著疼痛的音色，說著那些本該帶進棺木裡的她的愚痴，和脆弱。她意識到自己正說著十三年來她承受的枷鎖，那是她本該掖藏一輩子的心思，這一刻卻攤牌得血肉模糊。

「奧杰，真正高貴的是不顧得失，是賭輸了也感謝進過這場賭局。可是我對你的感情不是那樣的。這才真的讓我感到廉價。」倪樂吸了鼻腔，咽著唾沫笑了。「我對你的感情，是進了這場賭局，就只能贏。」

奧杰看見她的眸子裡有光，他知道那是她的信念。可當那樣的信念強加在他身上時，他總是沒有辦法接受。

「倪樂，我們談過那麼多生意，妳應該也懂，從來就沒有穩贏的局。」

「我知道。」倪樂彎起柔軟的嘴角。「我要的只是你和我有一樣的覺悟，曉得這狗屁的世界瞬息萬變，卻可以有足夠的信心相信我們會盡最大的努力走到最後，可是你沒有辦法，所以我沒有辦法。」

「我們不能這麼天真的談愛。」

「你只是害怕。」

「什麼？」

奧杰蹙起了眉，而倪樂露出了正中下懷的慵懶。

她瞇著眼，咧開笑容。「你只是個怕複製悲劇的膽小鬼。」

倪樂說著，感到手上及臉上的箝制鬆動了，旋即抽回手猛地推開了男人。

「我要在一開始就彼此明白，這場賭局不會輸。你連這都不能做到，只是個低級玩家而已。」她恢復一貫挑釁的姿態含笑，伸手揩去她精緻臉蛋上那道道半乾的淚漬。

「我承認，我有多害怕從你那裡得不到等量的感情，我對你的感情就有多廉價。」她踩著優雅的步伐來到奧杰跟前，眼神輕蔑。「同樣的，你有多害怕給我承諾，我們對彼此而言就有多便宜。我們這十幾年只是各取所需，無聊了就見面，想要了就做愛，還有什麼比我們之間更方便的嗎？」

奧杰近距離看見倪樂回到如常的笑臉，他張口想反駁，卻發現什麼也無法脫口。

倪樂抬頭對上奧杰恍惚的目光，不由得清脆地笑了，那笑聲太過輕盈，有著直視一切的坦然。

她把她不該說的，都說給了不該聽的人。

於是就再沒能失去什麼了。

第一次不愛你就上手

Dare to unlove you

Dare to unlove you

【第三章】水獺與鵝

"All you need is to try."
"Try to be yourself."

倪樂十五歲的夏末，在早晨的公車站前第一次見到奧杰。

「為什麼要分手？」

「妳知道為什麼。」

「可是我們都交往四年了！難道這對你來說一點意義都沒有嗎！」

「那不是我該問妳的嗎？」

奧杰的嗓音低沉，比作海的深度，約莫是兩百公尺透光層以下的海。那裡深層無光，那裡可以冰冷得毫無情感。

倪樂坐在候車亭的金屬長椅上，候車亭架了遮光棚頂，一身休閒的奧杰站在棚頂外，炙熱的烈陽打亮他面無表情的面孔，女方則站在棚頂內，身著碎花洋裝。

女子背對著倪樂，以致倪樂無法看見她帶著什麼樣的神情，可倪樂聽見她斷斷續續的抽泣。女子的黑色馬尾隨哭泣顫動，嗚咽著似乎想辯解些什麼。

奧杰蒼涼的眼底卻無所動搖，深色的唇尾甚至勾起了微笑。

他雙手揣入口袋，姿態頹痞地彎身湊近女子的耳。

「妳破壞了協議。破壞協議的時候，妳有想過那四年的意義嗎？」

寒涼而緩慢的語句讓倪樂不由得背脊發麻。那是沒有轉圜餘地的語氣，含著嘲弄的輕蔑。

倪樂定睛看著他的臉，只看見一副不溫不火的眼。奧杰壓在濃眉下的眸子炯然，眼尾微幅上揚；他眸色淺棕，在陽光下竟有些剔透。倪樂在那雙眼中看不出人類在這樣情境下該有的任何情緒。那些悲傷，惋惜，在那對目中並不存在。倪樂甚至能夠篤定，他絲毫沒有忍耐。

奧杰的微笑並不虛假，那並不是壓抑痛苦強裝的笑臉。

他當真毫無所謂。

「好了，把眼淚擦一擦。」奧杰相當理智地由口袋抓出一包袖珍面紙，遞到女方手上時甚至沒有碰到任何一寸肌膚。

就在這時，一輛公車到站，門開，公車內走下一對老夫婦與一位男學生。奧杰看過去一眼，語氣自然地催促女子：「上去吧，錯過這班，又要等二十分鐘了。」

女子明顯顫抖起來。「你就只會催我！你連二十分鐘都不願意給我，從以前就是這樣！別人情侶都會依依不捨十八相送，就你不會！」

奧杰突然笑了。

「是啊，我的錯。」他說：「所以妳為什麼不搭上這班公車，趕快去找那位一直都會和妳十八相送的人呢？」

奧杰轉頭透過大敞的車門，向正準備關門的公車司機喊道：「大哥！不好意思，還有一位要上車！」

他望回面前的女子。

「搞清楚，妳要錯過的不是這班公車。」奧杰又一次湊近她的臉，沉下聲：「妳要錯過的是什麼，妳自己清楚。」

女子抽噎得更加厲害，她哭出聲來，最後像是忍無可忍，轉身逃上了公車。

當公車載著女子遠離目視範圍，奧杰收回目光，走入了候車亭，坐到了倪樂身邊。

誰也沒有說話。

距離座椅三步遠的圓柱旁，站著一對剛從公車上走下的老夫婦，他們看著圓柱上的公車路線圖，專心討論下一站該轉乘幾號車。

倪樂望過去。

那兩張年邁的臉上盡是和祥，他們無視奧杰與女子的紛爭，把世界過得只有他們兩人那麼小，又小得那麼剛好。

「他們會一起搭到下一站。」

奧杰忽然說話，倪樂一下子回神，看向身旁的奧杰，卻只看見他姣好的側臉。他直挺的鼻梁沒有眼鏡遮擋，起伏明顯的唇線靜止，目視前方的棕色眼睛直盯著馬路上來往的車流。倪樂看著這模樣，一下子分不清那句話是不是他說的。

「什麼？」倪樂只好試探地問：「你在和我說話嗎？」

奧杰提高了眉梢望過去。

「當我自言自語。」他用著疲懶的神態，說著禮貌的話語：「我只是想把想到的說出來，吵到妳的話很抱歉。」

那張慵懶的神色與他說出的話背道而馳，那雙眼也毫無抱歉的成分，反倒有種倪樂吵到他的意思在。這副表裡不一的死樣子讓倪樂不由得笑了。

奧杰沒料到倪樂會有這樣的反應。

「為什麼笑？」

倪樂被問得停下笑聲，搖搖頭。「沒什麼，別在意。」她指向一旁仍在討論去向的老夫婦。「你說得對，他們會一起搭到下一站，沒意外的話，我想他們會一起搭到最後一站。」

奧杰勾起一側嘴角。「妳想說人生的終站嗎？」

「不對嗎？」

「沒有不對。」奧杰微笑著伸了懶腰。

他身上有古龍水的氣味，混雜著車輛來往的廢氣，聞上去竟有種焦香。倪樂仔細聞著、觀察著眼前的男子。當年的奧杰正值大學生年紀，年長了倪樂足足六歲，在那年的倪樂眼中，已足夠形容為男人。他身上有著不羈與穩重並存的氣味。

她看著他的每一道舉止，審視他的每一道面部表情，不由得在一輛輛公車駛過後，脫口而出：「你真奇怪。」

奧杰望了過去，眉間一蹙。「奇怪？」

「你不太像人。」

「什麼？」

「我看不出你的情緒波動，你是不是有感情麻木的問題？」

倪樂問得相當正經，奧杰看著那張搪瓷娃娃般的臉孔說出彷彿心理醫生的臺詞，突兀地笑了。

這下換倪樂搞不懂他為什麼笑了。

「我是認真的。」她說。「我先說清楚，我不是故意偷聽，但你們剛才說話太大聲了。你們談分手，你也不難過，你從頭到尾平鋪直敘，就事論事，你向她道別得不會太理性了嗎？明明這很可能是你們最後一次見面了。然後你根本就不同意兩個人會一起走到人生的終點，你只是嫌麻煩、不想和我這種小孩子吵，所以告訴我我的想法沒有不對。」

「但你其實是不相信天長地久的，對嗎？」倪樂面色平靜地滔滔不絕。「不相信天長地久對你而言，就好像只是不相信垃圾車會準點抵達一樣無所謂。你是不是曾經受到什麼大刺激？研究學家說這是創傷症候群，要去看醫生的。」

「不是、妳拐著彎罵我有病呢？」

「你看，你又轉移話題了。」倪樂指著他的臉。「下意識避開壓力來源也是一種病徵，你很嚴重。」

奧杰自小品學兼優，頭腦靈活，運動神經絕頂，這輩子就是這一刻第一次被人堅定不移的說他有病，還病得很嚴重。奧杰一下子就忍不住大笑了。

「這並不是什麼好笑的事情。」倪樂蹙了眉頭。「你真的很奇怪。」

奧杰笑意未脫地看見倪樂坐遠了一些，她毫無遮攔地表達不想扯上關係的模樣，又讓奧杰起了興致。

他兀自湊近，倪樂卻沒地方再退得更遠，她已經抱著書包擠在公車亭的鐵隔牆與鐵座椅之間。她的公車還有二十分鐘才來，她不想因為這人而苦站，只得面色不善地瞪向奧杰。

「你別碰我。」

「我沒碰妳。」

「所以我這是在警告你。」

「否則呢？」

「否則我是可以告你的。」倪樂橫眉豎目。「你這種行為放在剛分手的狀態下，就是渣男你知道嗎？」

「為什麼？」奧杰感到好笑，隻手靠上膝蓋，支著腦袋斜望著她笑。「女友看上別人所以我放她自由，我還得為這份關係守喪？」

「不是，是為你自己的感情。」倪樂吊高了眉梢，半闔著明亮的杏眼。「誰管那段關係的死活，男女朋友之間的關係值幾毛錢？就算結婚也只是一張紙的價值，唯一有價值的只有自己付出的感情。沒有付出感情還好意思稱自己是男友或老公的人，才是最失敗的。你不需要守喪的原因，顯然是你沒有對她付出足夠的感情，那她會走向別人也不意外。」

「這麼說來，付出感情才能經營一段關係？」奧杰勾起弧度好看的嘴角，直起腰桿直視她一本正經的臉，笑道：「妳的思想不會太童話故事嗎？社會上多的是為了責任去經營關係的男女，妳是說他們都很失敗？」

「別扭曲我的話。」倪樂同樣直起腰脊，看上去理直氣壯。「舊時代的婚姻建立在責任上，可以理解。但是你和她是指腹為婚還是因為什麼脫不開的責任才在一起的嗎？」

「不是。」

「既然是自由戀愛下的產物，那麼就應該建立在情感上，不是嗎？」

「不是。」

「什麼？」

「沒關係，妳長大點就會明白了。」奧杰笑開了眉眼，伸手搓她的髮，又立刻捏上她的下頷。「人都有需求，只要雙向符合彼此的供需，自然就會建立關係。那是無關感情的。」

奧杰的臉就在倪樂眼前，近距離下，她腦子竟一片空白，頷邊的觸感粗糙溫熱，一時之間讓她也忘了反駁。

當她回過神來想指控對方的無禮時，奧杰倏地鬆開了手，坐正了身子。

倪樂簡直不敢置信。

「你自己有發現你滿口歪理嗎？」

然而奧杰只是綻開了笑靨，舒適地靠著椅背，闔上深邃的眼睛哼起柔軟的曲。

——人都有需求，只要雙向符合彼此的供需，自然就會建立關係。

——那是無關感情的。

倪樂思索著他的一字一句，注視著他無關痛癢的模樣，立刻明白，這不會是她要的人。

不能是。

＊

倪樂每一個上學的清晨，都會在公車亭遇見奧杰。

他們會坐在同樣的位置，有時閒聊，有時不一定對話。國中三年級是應考生的關鍵，倪樂在等候公車時總在默背英文單字，或複習數學公式。她沒有問過為什麼奧杰會在這個時間點出現，既然對方沒打擾她唸書，她也就不介意他存在。

奧杰會在與她並肩時，由包包裡抽出幾本書閱讀，或拿出冊子作畫，晨光照亮他的髮，那一年他清爽的短髮染成了亞麻色，倪樂覺得這樣的髮色給人不良的印象。

「你為什麼把頭髮染成這樣？」

一天清早，倪樂闔上腿上的教科書，在同樣的候車亭下問了出口。

奧杰不解，同樣闔上了書。「染成這樣？」

「染成這樣通常都是不良少年。」

「我發現妳這人的既定印象還滿老派的。」

倪樂沒有反駁，兀自說道：「雖然你觀念有點奇怪，但我覺得你不是不良的人。」

「那真是謝謝妳了。」奧杰慵懶地笑了。

倪樂發現自己並不討厭他這樣的態度，那好像一切世事觀感都與他無關的豁達，讓倪樂由衷欽佩。

「我還滿喜歡你的。」倪樂脫口而出，卻沒有失言的慌亂，反倒是一副說著再合理不過的事、那樣坦然的眼神。她直視著有些愣怔的奧杰，不疾不徐地說道：「不是愛情方面的喜歡，我喜歡的是你對一切都不往心裡去的態度。」

她望向前方馬路分隔島上的路燈，由下而上，緩慢地看到了頂端。她微仰著腦袋，目光停留在那未亮起的燈泡上。

她說起了那些出現在她生命裡，又匆匆消失的人。

「我身邊的人總是忍受不了我說的話，所以他們會一個一個離開。」倪樂毫無表情地說著，彷彿說的不是她自己。她看著遙遠的路燈，淡粉色的唇瓣吐出的語氣平淡。「我一直想做個知道怎麼說話的人，但是目標老是距離我很遠。就像我往前一步，目標就會往後一步。」

「為什麼？」

「因為我學不好說謊。」倪樂圓滾的雙眼瞅向奧杰。「直言不諱是好聽的說法，真要形容我，就是往人痛處扎。」

「所以我說的是，妳為什麼不懂說謊。」奧杰認真地注視她，將她從左至右看過一遍。「妳看起來很聰明啊。」

他認真的模樣讓倪樂禁不住笑出聲。

「我知道，我也很困擾。可能就像你學不好怎麼談感情一樣。」

「是嗎？」奧杰往旁望去，神情像在思索些什麼，過會兒重新望回倪樂。

「但我沒覺得不好。」

他爽朗地笑。

他說。

「如果妳說了別人喜歡聽的謊話，妳覺得好？」

倪樂望著他澄澈的淺色雙眼，搖了搖頭。

「不好。」

「那妳為什麼一定要自己學會說謊？」

「因為這樣別人會覺得比較好過。」

「妳為什麼要幫別人覺得好過？」

奧杰這一問，竟問得倪樂說不出話。

她睜著大眼望著奧杰滿面笑意，公車進站時，她聽見奧杰帶笑的聲音。

「妳真奇怪。」

＊

高中三年級的時候，倪樂坐在教室裡，用立可白在自己的課桌上塗鴉。她畫了一隻體態豐腴的水獺，牠小小的雙手交握在胸前，站在湖邊。在臺上年邁教師的講課聲中，她歪著頭，專注地審視起那隻水獺，覺得牠在湖邊應該會遇見些什麼，就像她在公車候車亭時一樣。於是，她在課桌上又畫了一隻脖子細長的鵝。

在森林深處的湖畔　有一隻水獺站在高高的木堆上
路過的鵝問　你怎麼不下水
水獺說　我怕水
水獺坦承時以為會聽見鵝的嘲笑
像是森林裡　牠所遇見的每一隻動物　但是鵝沒有笑
鵝說　那麼你為什麼站在水邊　你喜歡游泳嗎
水獺搖搖頭
牠說　我最討厭游泳了　可是我想要克服恐懼　我想下水
為什麼

因為水獺不會游泳很丟臉

鵝聽著笑了　水獺覺得牠很沒有禮貌

你怎麼笑我　水獺氣呼呼地指責　你是不是看不起我

不是的　鵝說　我只是笑你搞錯了

搞錯了？

是呀　你想克服恐懼並不是因為你想下水　鵝說

你是因為別人想要你下水　所以

親愛的水獺　我問的是　你喜歡游泳嗎

水獺聽完不說話　鵝又說

如果你不喜歡游泳　那麼你

為什麼要幫別人游泳呢

當倪樂完成塗鴉，一隻手在課桌上揮著風、讓立可白快速風乾時，她接到了一封奧杰的簡訊。

手機螢幕跳出一行字：救我，仁樓花圃，現在！

她看著不禁笑出聲來。這是她生平第二次接到奧杰的求救，第一次他傳訊息要她打電話給他，電話一接通他就把她給說成他媽，倪樂半句話都沒來得及說，對方在電話裡急匆匆的說我這就回去吃飯，電話就斷了。

斷線以前，倪樂還聽見電話那頭隱約的女聲說著這麼早嗎——那拖長的尾音略帶撒嬌的味道，她就立刻明白這是什麼狀況。

於是這會兒，十八歲的倪樂很清楚自己要是什麼角色。

鐘聲響起，廣播傳來一貫的音樂，提醒學生午間打掃時間到了。

臺上的老師喊了下課，學生紛紛起立準備打掃，倪樂也不例外的走到教室後方拿起掃把，走出教室。

冬日暖陽底下，她走到了負責的外掃區卻沒有停下，筆直地往前走向西側的仁樓。她緩著步伐繞著建築物外牆，果真在靠近後門的轉角，聽見牆面另一側傳來相當激烈的爭論。

「我不需要你的關心！」

「那妳到底要什麼？」

「我要你愛我！」

那樣撕心裂肺的女性嗓音迴盪在冰涼的空氣裡，讓一身黑白制服的倪樂無聲嘆息。她扣上了第一顆鈕扣，將白色襯衫紮進黑色制服裙，並且整理了自己尚未染燙過的黑色長髮，確認自己一身乖乖牌模樣，這才走出轉角。

她看見站在花圃裡的奧杰，以及奧杰面前淚流滿面的女子。

奧杰早已將頭髮染黑，身穿乾淨的卡其套裝，襯衫與長褲熨燙得整齊俐落，更顯得面前的女子狼狽不堪。

頭髮散亂的女子一看見倪樂，旋即撇過頭，雙手輪流抹去臉上四散的淚。她清了清嗓子，回過頭時露出嚴肅的表情。

「這位同學，現在是打掃時間，妳為什麼在這？」女子皺緊眉頭，語氣責怪，輕盈的妝容並未被淚水糊花，可濃重的鼻音與哭啞的嗓子仍然洩漏了她痛哭過的痕跡。她試圖鎮定，指著倪樂手上的掃把。「這棟是教師辦公大樓，學生不用來打掃的。妳幾年級了，不知道嗎？」

「報告老師，很抱歉，但我是來找奧杰老師的。」這一年倪樂對於說謊仍舊不熟練，於是她低下了眉眼，努力讓自己的演技好一些。「真的有很重要的急事，是有關我爸媽的事。我剛剛接到消息，所以想馬上和老師商量。」

「什麼事？又是之前的問題嗎？」奧杰演技老練地接了話，蹙起濃眉露出滿是擔憂的神色，隨而向一旁的女子道歉：「抱歉，我們的事之後再談。這是我班上的學生，我得處理一下。」

女子聽事情攸關學生家長，奧杰又是一副憂忡的模樣，只得勉強軟下態度。

「原來是這樣。」女子上前拍了拍倪樂的肩，隨後轉而附上奧杰的耳。「我先回辦公室，我們下班再談。」

「好。」奧杰點點頭，給了對方一個無可挑剔的微笑。

待女子走入大樓，消失在視線範圍，倪樂便歪頭打量起奧杰。

看見倪樂的眼神，奧杰笑道：「怎麼了，怎麼那樣看我？」

「剛才那是和你同期的實習老師對嗎？」

「是啊。」

「和你同歲？」

「對。」

「交往多久了？」

「半年。」

「為什麼吵成那樣？」

「她希望我從實習老師升上正式教師後就結婚。」

「你不要嗎？」

「為什麼要？」奧杰的語氣聽上去竟理所當然。「我本來就沒打算結婚。」

「沒打算結婚，還和人交往，這不是相當沒有禮貌嗎？」

倪樂不假思索的一番話，讓奧杰反射性地笑了。

「交往和結婚是兩回事，為什麼大家都要理所當然的把它想在一塊，妳不覺得連問都沒問就幫對方決定要和自己結婚，也相當沒有禮貌嗎？」

倪樂聽著竟感到佩服，這世上還有這麼個外星人啊。

她搖搖頭，脣瓣勾起無奈的弧。「給不起人家未來，怎麼好意思談交往？你怎麼就是學不會當個正常人呢？」

奧杰低下眸子笑開了嘴。

「妳倒是有進步。」

「什麼？」

倪樂歪了歪腦袋，奧杰看見她困惑的神情覺得可愛，不由得一隻手掐上了她的臉。

「妳倒是學會說謊了啊。」

奧杰這句話讓倪樂一下子意識到，剛才她確實騙過了那位女子。

倪樂拍開捏在她臉上的手指，思考了半晌，又回到一貫的誠實：「因為要救你，所以我努力了。」

她拙劣的演技，為了這個人，而磨練了一季，又一季。

她為他騙過一個又一個女人。

然後她變成了女人。

她再為了他，騙過一次又一次的自己。

Dare to unlove you

【第四章】

狐狸與犀牛

"And the beginning will be frozen there forever."

倪樂在大學二年級時，學會了一件事。

她學會讓自己忘記那些好的事情。

那些可能讓人產生期待的事，她會閉上漆黑的眼睛仔細品嚐，睜開眼的時候，她就可以遺忘。

於是她的腦袋有大量空間儲放大量知識，當大學同學還在設法揮霍青春時，她已經進了科技公司做實習生。同一年，師範大學高分畢業的奧杰放棄了教師一途，投入知名鞋廠的業務工作。

當倪樂問他為什麼做這樣的選擇，他只是聳聳肩，說著賺得比較多。

倪樂知道這是打馬虎眼的回答，於是在一起吃消夜的初冬夜晚，她坐在夜市小吃攤的橘色矮桌前，定定盯著桌子那端的奧杰瞧。

奧杰發現她打量的目光，抬頭一面嚼著米血，一面問：「又怎麼了？」

倪樂啜了口菜頭湯。「沒事，只是在想你是不是又為了逃避而做這種不聰明的選擇。」

「逃避？」

奧杰疑惑的嗓音讓倪樂放下湯碗，提眸微笑。

「是啊，升上正式教師就結婚。」她笑道：「所以索性就不當老師了，是嗎。作為逼退女朋友的手段，不會太明顯嗎？」

「我可沒有逼退她。」奧杰又往嘴裡塞了滷味，吊高了一側嘴角。「她想嫁的就是一張穩定的長期飯票，我現在當業務，薪水雖然比平均多一點，但相對不穩定，是她自己決定離開的。」

「你不是在試探她吧？」

「不是，我沒有那麼閒。」奧杰笑彎了淺色的雙眼。「妳還記得我曾經告訴過妳的嗎？只要兩個人符合供需，自然就會建立關係。同樣的，哪一天供需雙方給的如果不是彼此要的了，自然而然就會分開。」

倪樂支著下頷，撇了撇嘴。「言下之意就是她也給不了你要的。」

「早就給不了了。」

「什麼？」倪樂對於奧杰泰然自若說著這話的態度感到詫異。「早就？那為什麼直到現在才分開？」

奧杰看著倪樂訝異的神色，不禁一怔。

倪樂這一年已經來到二十歲，這樣介於少女與女人之間的年齡，理應明白為什麼才對，然而倪樂卻是這樣一副反應。

奧杰仔細將面前的倪樂看過一遍。

她抹著淡妝的臉蛋在夜市鵝黃的燈光下顯得紅潤，五官已經脫離稚嫩，神韻帶著氣質濃郁的典雅；黑色高領的針織洋裝有些貼身，襯出她已臻成熟的身線。奧杰的視線晃回她的臉，那張臉上的黑色雙眼卻一如既往地坦然無畏。

接著他才驚覺自己都在想些什麼。

這可是倪樂！

奧杰對自己方才那短短幾秒的旖旎思緒感到煩躁，煩躁又不由得變作一種對倪樂無禮的抱歉。

他踰矩了。

奧杰低下了臉，將桌上僅剩的滷菜都掃進嘴裡咀嚼。

囫圇吞嚥後，他起身付了帳，也不顧倪樂跟著在旁嘮叨他竟然把最後半顆滷蛋吃了，他便拉著倪樂的臂膀走出攤位。

走上夜市走道時，倪樂沒好氣地把手抽了回來。一連經過幾個小攤後，她才氣呼呼地提醒奧杰：「你別以為剛剛的話題這樣就帶過了。」

奧杰回過神來。「剛剛的話題？什麼話題？」

倪樂不敢置信。還裝傻呢！

「就是她給不了你要的，你為什麼還到現在才和她分開啊！」倪樂禁不住放大音量，但四周太過嘈雜，她的聲音並不算大。

奧杰在一片喧囂的叫賣聲中聽懂了倪樂的問句，他愣了下，不明白這樣再基本不過的答案為什麼還需要明說。

「責任啊。」

「什麼？」

「當然是基於責任。」奧杰眼見周遭來往的人潮越漸密集，伸手將倪樂攬近一些。他一面眼觀四方、確認那些笑鬧的孩童不會撞上倪樂，一面湊在倪樂耳邊回答：「交往不就是那麼回事嗎，用『男女朋友』這樣的稱謂來確認雙方對於一段關係的責任。妳都幾歲了，不可能不懂吧？一對情侶不可能因為單方面的不滿足，就擅自決定兩個人的關係破裂。」

倪樂一怔。

「所以忍耐就算是盡責了嗎？」

她看向奧杰，只見奧杰蹙起了眉，剛毅的側臉渲上一層遊樂攤位投射的彩光。

奧杰直視前方，語氣凝重：「妳想說什麼。」

倪樂知道奧杰並不樂意繼續討論這話題，但她沒打算放棄追根究柢。

「真正的盡責，不應該是告訴對方哪裡需要調整嗎，怎麼忍耐就好像能解決問題一樣？」倪樂逼視著奧杰的側臉。「你都幾歲了，不可能不懂吧。」

奧杰聽出她的模仿，不禁笑了。他的眼尾有著含笑的細紋，嘴邊淡淡的酒渦些許凹陷，他的笑聲低沉溫潤。每當看見奧杰的這副模樣時，倪樂都覺得他是喜歡她的。

那笑容裡有寵溺。

倪樂別開視線。

她一直是能夠分辨是非的女孩，她有一副客觀的眼睛，帶著理性的準繩。從小在班級裡，無論發生什麼倪樂都能冷靜地說出讓人無法反駁的言論，卻也因此一次次地樹敵，與她友好過的、那些理應被稱作朋友的人們，為了自保紛紛遠離。倪樂聰明，自然知道不被孤立就只好孤立人的道理，於是她從沒有責怪過那些離開的人。

她只很偶爾的，感到抱歉。

抱歉她是這樣的人。

看得太過清楚。

那些看得太明白的時刻，總是尖銳。人們都喜歡溫和的謊言，那聽上去比較不痛，她理解。她也想要學會那樣的能力，她一直都在努力。

就像她每一次看見奧杰帶著溫度的笑容時，她都沒有戳破，因為她多明白呀、他喜歡她，最終，有了關係，她也只會變作下一個責任而已。

她是一個看得太過清楚的人。

有時她也會為自己感到抱歉。

她太明白的，不只他人。

她知道，每當奧杰拿她沒轍地笑了。那柔軟唇角的上揚與含著笑意光彩的棕色眼睛。每當看見這一幅他喜歡她似的風景，如同那些奧杰的畫。

——你的那些畫，都沒有你好看。

她都覺得，她才是更喜歡他的。

＊

在倪樂的冊子裡，有隻尖耳朵的狐狸。

在隨筆塗鴉中她最喜歡那隻狐狸，有一天她覺得狐狸可能會需要一個能夠訴說的對象，於是她提起筆，在狐狸身邊塗抹，一點一點地描繪出一隻擁有小小鼻角的犀牛。

森林北邊有一間　老舊的電影院

狐狸已經重複看了第四次鐵達尼號

在狐狸走出影廳的時候　售票員犀牛忍不住問

為什麼要一直看這部電影呢

狐狸笑了　牠說

我知道大部分的人會告訴你　最感人的是傑克犧牲自己
變作冰塊沉入海底的那一幕　那會是撼人心魄的
不斷重複觀看的好理由　可是
可是
狐狸說
那不是我的理由
狐狸說　我的理由　是電影的最後
電影的最後　蘿絲沉眠　鏡頭拍攝了沉船
然後夾板　然後船艙的走廊　船的窗明亮起來
地面的木板乾淨如新　一切
全部回到最初的模樣

倪樂心想，不知道那隻犀牛能不能明白狐狸的話。

倪樂是個愛看電視劇的人，可通常只看開頭，因為她總是能猜中結局。

她能猜到他與她會如何相識，他和她的缺陷會變成這一齣戲的賣點，缺陷會被包裝成一個人之所以獨特的原因，可結果都是一樣的，喜歡會變成愛，愛會變成職責。

愛一個人，會變成職業。

還不支薪。

然後電視劇會在他和她的感情功成名就時，殺青完結。可所有投入過職場的人都知道，公司裡只會有兩種人，一種或多或少倦怠地、將就著工作到退休，或許老死；一種被挖角，或者自願跳槽。倪樂想，他與她之間的結局，並不會有什麼不一樣，畢竟她分分秒秒地曉得他與她之間一旦建立名義的後果，能有多寒涼。

於是比起開頭。

比起最初的模樣。

結局於她而言，顯得非常無趣。

她見過奧杰身邊經過的身影，見過她們怎麼來，怎麼走。見過那些臉孔怎麼笑，怎麼哭。見過那些關係怎麼好，怎麼壞，怎麼生長，怎麼衰敗。

怎麼消失。

怎麼連想，都想不起來。

「我問你喔。」

「嗯。」

「為什麼每次關係出現問題，你都沒想過調整和另一半的相處？」倪樂在大學畢業前夕，在奧杰家中問向蹲踞於庭院洗狗的奧杰。「就像前幾年我問過你的，要對一段關係盡責，不就應該要把問題釐清、雙方調整一下嗎？」

「妳問過我？」

奧杰抬起頭看向坐在木板凳上的倪樂。露天的前院日光明亮，帶著炎夏灼灼的熱度，奧杰一身黑色背心與卡其短褲，蹲在溼漉漉的大狗後方。倪樂看見他露出渾然狀況外的神情，那麼多年過去，她還是能立刻分辨這個人的偽裝或真實。

這一刻的他沒有裝傻。

倪樂不敢置信地咂嘴，腳上的涼鞋踏擊了兩下紅磚地。

「居然忘了！」倪樂的語氣帶有怪罪。「就是你和前女友分手那時呀，你把盡責說得像忍耐一樣，記得嗎？」

奧杰沉默思索，眼神像在回想什麼。他停下手邊搓揉黃金獵犬的動作，稍微甩去了泡沫，最後說：「真的不記得。」

「怎麼可能！」

「我連我前女友是誰都有點記不起來，妳說可不可能。」

倪樂聽得目瞪口呆。

奧杰沒理會她感到荒謬的眼神，他一向坦然地接受這樣的自己，也沒想理會那些評估的眼光，社會打賞的道德分數於他而言，並沒有任何意義。

倪樂放在併攏雙腿上的手，反射性地揪抓自己無袖洋裝的裙襬，烈日照在她的皮膚上，她卻感到惡寒。

看看這都是什麼下場。

奧杰見倪樂癟著唇尾蹙眉的模樣，不由得笑了。

「有什麼好驚訝，妳看起來像吃了苦瓜。」奧杰笑著繼續洗起了狗，若無其事地說回倪樂最開始的疑問：「妳說我為什麼沒想過用調整代替忍耐嗎，妳真的覺得調整是一件好事？」

倪樂從詫異中回過神，黑色的杏眼彷彿吃進陽光，亮晃晃地。奧杰發現倪樂遲遲不語，抬眸望去，只見那雙折射豔陽的圓滾雙眼透著不解，那一瞬間他在裡頭看見倪樂所有的純粹。

她的好奇讓她洩漏了一些祕密。

她可能從未有過那一方面的經歷。

這些年他從未過問倪樂的感情生活，在初識的公車站交換聯繫方式的那一天起，他們只在彼此閒暇時湊在一塊，有時他約，有時她約，大多都因著平淡無奇的原因，見平靜的面，小部分時候，他會向她求救，讓她來替自己解決變得棘手的男女關係。

可是她的男女關係，他卻從來沒有關心。

為什麼？

奧杰可能知道原因。那個原因依附在一道念頭上，奧杰知道它沒有形體，它只由隱約的感觸與焦躁，和著一點點的不安組成。

奧杰想，可能他再多思考幾秒，就會把那一道念頭想出頭顱與手腳，身體與面容，最後就會有一顆心臟。

怦怦跳動的時候，他知道很快的，一切都會麻煩起來。

所以，為什麼？

為什麼他從沒想過問倪樂的感情呢？

每當在這樣的問題面前，奧杰的內心都會像吊車尾的學生在第一秒就起立回答我不知道，然後坐下的時候就想不起來剛剛老師的問題是什麼。

他和她是那麼相像。

奧杰望著倪樂這一刻單純的目光，倪樂望著奧杰這一刻莫測的模樣。黃金獵犬抖了抖身上的水，水和著泡沫飛散，濺溼了他們倆。

奧杰與倪樂雙雙反應過來。

他們打量彼此的眼神摻雜了一些東西。

多了。

慘了。

他們幾乎是同一時間意識到這一點，又幾乎是同一時間選擇遺忘。

兩人同時別開臉，又同時望上對方。

奧杰痞模痞樣地吊高一側嘴角，倪樂一臉輕蔑地揚高下頷。

一切恢復如常。

「妳思考太久了。妳不是真的那麼笨吧，回答不出來？」奧杰立刻接回方才的話題。「要求對方調整，這不是明擺著『我已經不愛原本的妳』了嗎？所謂的調整，不就是抹滅一個人的行為嗎？」

倪樂皺起白淨的眉宇。

「當然不是。」她立即矯正他的說法。「調整是調整彼此的步調和對待對方的態度，那是兩個人共同為同一份感情努力的行為。要調整的不是『一個人』，是那份感情。」

「是啊是啊，妳說得都對。就當這樣吧。」

「你又來了！又是那副無所謂的樣子！」

倪樂不知怎地、明明奧杰這副態度與從前無異，那一刻她卻忍無可忍地起身踢了凳子一腳，椅子刮過地面發出的聲響嚇著了黃金獵犬，牠跳開他們之間，對著他們大肆號叫。

倪樂一瞬間像是驚醒，這不是她的作風。

她總是冷靜旁觀的角色，並不應該帶入情緒。

清醒過來的倪樂感到排山倒海的羞愧襲來，她臉頰燒熱，下意識就轉身逃向了大門。倪樂想用生氣的姿態掩蓋她的手足無措，於是她一面加快步伐，一面碎念：「你真是一點長進都沒有，我要回去了！」

她很快來到門前，急著想拉開那扇舊式的紅色鐵門，卻在手指沾上栓鎖以前，被突然追過來的奧杰由後箝制了動作。

奧杰由她身後攫住了她的雙手，無論她如何扭轉手腕都無法掙脫，這樣的牽制讓她感到無力，而這讓她悲傷，大過於恐懼。

倪樂雙手開始發顫，奧杰以為她是害怕了，旋即鬆開了手，抱上她細瘦的腰。

「我沒想做什麼，妳不要怕。」他湊在她耳邊，低聲道出柔軟的話語。

妳不要怕。

奧杰的鼻尖埋進倪樂溫暖的髮間。

在她的氣味中，他還是沒能說出口，那些話的後續。

我知道妳害怕。

我知道這世界會傷害妳。

他們會說妳的不是，他們不會寬容的對待妳。

奧杰垂眸看著她頸項上的燙疤，他發現那些本該沒有形體的念頭，竟在快速生長，可這一刻，他無心阻止。

奧杰抱緊懷中顫抖的人，臉頰磨過她的耳。

妳不要怕。

這世界會傷害妳，我不會。

奧杰蹙眉閉上眼，他溫熱的鬢頰，嘴角，下頷，輕輕蹭過倪樂的髮，倪樂的臉，倪樂的額。

那些柔軟的舉止，竟神奇地讓亂套的倪樂得到了舒緩。

她盯著面前的紅色大門，身後的體溫透過彼此汗溼的衣料，漸漸熨過她的皮膚。

奧杰聽見倪樂急促的呼吸逐漸平緩，她緊繃的身體慢慢放鬆。他睜開眼，看見倪樂線條美好的肩，緩緩地脫離僵硬。

他知道一切，又快要恢復如常，可是。

可是他聞見了他太偏愛的氣味。

可是他抱住了他太想要的身體。

像是那些電視劇裡述說的鬼迷心竅，奧杰的腦海突然有了那個念頭。那個念頭生長出血肉。

一瞬間把他的理智生吞活剝。

他在握上她的腰時，低頭吻上了她的頸。倪樂倒抽口氣，扭著身子想掙開，腰間的力道卻扣得更加不容忤逆。

她被奧杰扳著肩膀轉過身，視線一片搖晃，她沒來得及看清奧杰眼底的慾望，一雙脣就被吻得嚴嚴實實。

這是倪樂第一次嚐到男人的熱度，她的嘴裡有奧杰的菸草味，那有些嗆鼻的香氣伴著他身上的古龍水，讓倪樂一下子分不清虛實。

她是不是睡了？

是不是作夢了呢？

倪樂想回應眼前的男人，卻沒有任何經驗派上用場，她輕輕啟開脣瓣，舌尖卻笨拙地無所適從。她好像聽見他的輕笑，那宛如鼻息的、擦過空氣的聲音，讓她體內不知名的地方緩緩燒灼。她下意識別開了臉，卻又立刻被奧杰掐著下頷扳正了面容。奧杰又一次低頭啣住她的嘴，她能感受到脣瓣摩擦的溼熱，那一次次使力的吮吻就像他恨不得將她作為獵物，吃食入腹。

倪樂感到詫異，與壓在詫異下的、深藏的喜悅。她不由得闔上了雙眼，快速的發展剪碎了她的思緒，她的理智溶成了一片渾沌。這一刻，她只能像是在被窩裡渴望美夢的孩童，偷偷數起羊。

一。

二。

三。

她睜開眼睛，看見奧杰炙熱的眼中盈滿了情感。

——你不太像人。

——我看不出你的情緒波動。

她對他說過的話語回到她的腦海，她依然是這麼看待他的，可這一刻望著她的那雙棕色的眸子裡，卻有著她從未見過的風景，那裡裝著滿滿的渴求，侵略，和占有。那是她第一次在奧杰眼中，看見最趨近於人類的溫度。

而他，是對著她的。

啊啊。

倪樂一顆心像被斟滿了酒，鬼使神差地就捧上他的臉，主動給了他一道濃郁的親吻。一瞬間，她想要無所謂後果，她想要坦率、想要表達，想要終於能夠怎麼做都可以。

倪樂鬆開枷鎖的心情雀躍，她摸索著親吻的方式。她並不理解這些唇與唇的摩挲該用什麼力度，更不曉得什麼才是臉與臉之間的最適角度，可是她明白這些情感。

她有的只有情感。

奧杰對於倪樂反過來主導的舉動感到意外，他單手攬過她後背的腰間，將她貼上自己。倪樂不熟悉這樣如同嵌進身體的行為，反射性地喘息，稍微離開了他的脣。

倪樂矇矓地看見對方的嘴被她糟糕的吻技吻得有些紅腫，看著，想著，不禁笑了。

她的笑聲清脆，感染了奧杰。奧杰撩起脣角，弓起的食指輕輕劃過她明顯發紅的臉。

他覺得她不一樣了。

這一刻的她，自在得幾近自信。他看見她壓低了下頷，提眸望上他的時候，竟有了狡黠。

倪樂纖細的手指滑過他的臂膀，她撫過那些肌肉起伏，她的指尖能夠觸見炙燙皮膚下的隱約脈動。倪樂明亮的眼瞳隨著自己手指的移動，緩緩注視過她所能觸及的、他的每一寸肌膚。

她望上他的棕色眼睛。

「好神奇。」

「什麼？」

奧杰對於倪樂沒頭沒尾的感嘆感到困惑，可他清楚倪樂這樣的小毛病，於是這會兒他只是笑出了聲，舉止寵溺地將倪樂一側的髮，仔細勾上她的耳。

倪樂覺得這樣的親暱行為很新鮮，她露出奧杰沒見過的甜膩笑容，黑色的眼睛一下子瞇成了兩道彎拱。

她愉悅地想。

在這張皮囊下，原來是這樣的。

是如同窺伺獵物的野獸。

是擁有深濃愛意的魂魄。

她第一次知道感情能有這麼神奇，就像那些宗教宣達的，信徒足夠虔誠似乎就有可能發生奇蹟，坐在輪椅上的人們可能站起，抑鬱的人們還可能大笑出美妙的聲音。

沒有情感的人，也可能擁有這一副眼神。

她對著終於看見的、他皮相下的面孔，感到無限喜悅。

真好，真喜歡。

她注視著對方專注含笑的雙眼，又一次吻上他的嘴。

多神奇呀。

這是多好。

多好的一場夢呀。

她心想著，卻在這一刻，流下眼淚。

奧杰察覺了她蔓延的淚水，停下親吻。他靜靜地注視她不斷滑落臉頰的水滴，慢慢地以額心輕碰她的額際，低下嗓子問：「怎麼了？」

倪樂唇邊揚著苦甜參半的微笑。

她只是在想，即便只是一場夢，幸福，終就是開始了。

「對不起。」倪樂緩慢地推開奧杰的環抱，抬起眼時，眼中原有的自在與自信竟蒙上了薄灰。她說：「我沒有辦法。」

奧杰蹙起眉。「沒有辦法？」

「我沒有辦法開始。」

「什麼？為什麼？」

「因為我沒有辦法結束。」

「結束？妳在說什麼？」

然而面對奧杰的詢問，倪樂只是不能自已地哭了起來，她伏在奧杰的胸口，用著像是埋怨上天的姿態哭泣。

電影的最後
蘿絲沉眠
鏡頭拍攝了沉船　然後夾板　然後船艙的走廊
船的窗明亮起來　地面的木板乾淨如新　一切
全部回到最初的模樣

當最初的幸福生長出形狀，擁有了面目，最後的結局，便令人恐慌。

倪樂雙手抓皺了奧杰的衣衫，奧杰望著那雙白淨的小手，與隨著哭泣不斷振聳的肩頭，終於還是按捺不住了。他將她壓上紅色的鐵門，隻手掐著她的下頷含上她的嘴。

纏綿的親吻伴隨倪樂的嗚咽，倪樂不斷推拒著，卻只是被奧杰箝制得更加猛烈。他一隻腳的膝尖抵在了倪樂腿間，讓倪樂敏感地無法動彈。

她熱著臉，聽著奧杰粗重的鼻息，分不清此刻的奧杰是情慾多一些，還是惱怒多一些。

「放開我……」

「妳真讓人火大。」奧杰使力握上她的雙臂，透著銳芒的雙眼直勾勾地望入她的眼。他溫潤的嗓子這一刻聽來危險：「不要我，就不要用這種眼神看我。都多久了，說謊這麼簡單的事，妳還是學不好。」

一瞬間，倪樂的臉頰像著了火。

這被看穿的反應，讓奧杰揚起了一側嘴角。他傾身附在她耳邊，悄悄說道：「還要逃嗎？」

倪樂渾身一僵，呼吸急促。

這一題太難了。

奧杰見倪樂沒了掙扎的意識，低聲笑了。他俯身抱起了倪樂。

「欸、喂！」倪樂懸空時嚇得抓緊他的肩。「放我下來！」

「好，等一下放妳下來。」奧杰提高眉梢，微笑著朝屋裡走去。「到房間的時候。」

＊

翌日，倪樂醒在奧杰充斥菸草味的床褥上。她迷糊地坐起身，身上的棉被滑落，感到一陣涼颼。她順勢低頭，檢視自己一身光裸。

她知道她失控了。

她抬起一隻手，輕輕摸上脣瓣。指尖抹過她柔韌的脣，再重重地擦過她微翹的脣尾。

外頭亮晃晃的日光透入窗簾，篩過簾布的光線照在她白皙的皮膚上，像灑上一層薄薄發亮的糖霜。她抬頭看了一眼空調，搓了搓自己光潔的肌膚。

她不知道奧杰去了哪，她其實有點在意，可她知道她不該在意，否則有些小心思就會開始發出芽苗，生長出荊棘。

「醒了？」

倪樂聽見奧杰的問聲回過頭，只見奧杰相當凝重的容顏。

啊啊。

她認得那幅表情。

她順著他的視線，望向身下的床鋪。她稍微掀開披在床上的白色棉被，看見床墊上染了一抹血紅。

她低下了眼。

「嗯，我睡醒了。」

倪樂闔上眼睛，抓緊棉被默數。

三。

二。

一。

睜開眼的時候，她知道她已經想不起昨夜的溫度。那些眼神的炙熱與蹭著鼻尖而彎起的唇角，那些纏綿的撫觸，粗暴的進出，失控的嚶嚀，還有那些令她不住顫抖的熱度，她都想不起來了。

她睡醒了。

那些體溫，在她提眸重新望上他的時候，已經流失得像從未體會。

她微笑起來。

「我餓了，早餐吃什麼？」

「倪樂……」

倪樂不顧奧杰的欲言又止，翻身下床，大方地展露姣好的身段。她踏著輕盈的腳步優雅地擦過奧杰的肩，往房內的浴廁走去。

「我先洗個臉，等等一起去附近吃點好吃的。」她語氣輕鬆地笑。「被你折騰得好餓。」

「等等、倪樂。」奧杰快步上前拉住了她。

她沒有回頭，任由握在她手腕上的那隻手收緊了力道，將她拖近。

她被緩緩扯進他的懷中，又被緩緩轉身。

奧杰隻手托起她精緻的臉。

「我會對妳負責，妳不要擔心。」

負責。

她就要變成他下一個不得不負責的責任了，是嗎？

她聽見奧杰嚴肅的表態，看見奧杰沉重如提親似的神情，下意識笑了。

倪樂用頑皮的姿態推開了他，笑道：「幹什麼做過一次就好像要娶我一樣。是呀，我是第一次，那又怎麼樣？是我們共同決定讓這件事發生的，我們對彼此都沒有責任。」

奧杰看著倪樂豁達的神色，不禁眉頭深鎖。他懊惱的是自己昨天沒能忍住，更沒有拿捏好品嚐她的力度。他待她是特別的，帶走她純潔的人不應該是他這樣的人。奧杰咬住牙。

不對。

這世上甚至沒有任何人配得上。奧杰心想。

然而在倪樂的視角，看上去就是奧杰正為做過的事懊悔，只得負責。

這一負責，會有什麼樣的結果，她很明白。

她不要。

於是她嗤笑起來。

「現在你拿了我的第一次，還想綁著我一輩子？」倪樂刻意湊近他的臉。「你不會獅子大開口，一次要太多了嗎？」

奧杰看見她眼中的輕蔑。昨日才揶揄過她的騙術拙劣，這一刻打量著對方說話時的神情，奧杰卻分不出她話中的真假。

當事情攸關倪樂的幸福，他竟然沒有辦法獨斷了。

奧杰對於自己的這一面有些震驚。

他猜忖她或許並不想和他過一輩子，甚至不想被他們的一夜情綁架。無論如何，此時此刻他看出了倪樂並不想和他成為情侶。倪樂在拒絕的時候，帶著輕蔑笑意的美麗眼眸裡，只有無盡的冰冷。

但奧杰並不想放棄。

他抓住她的肩。「我沒有想綁架妳的一輩子，說到底，根本沒人能保證一段感情會走到最後，兩個人在一起本來就是滿足彼此的現階段。」

倪樂面上的笑容一下子凝結。「什麼？」

現階段？

「你的意思是，每次談感情，你都沒想過和眼前的人過一輩子？」

奧杰聽得一滯，竟露出理所當然的表情。

倪樂一瞬間就懵了。

那是她第一次發現，這個人的皮囊下，有著愛，卻給不起愛。

倪樂感到諷刺地笑起來。「太可笑了。」

她笑著搖搖腦袋，沒等奧杰回話便甩開握在她肩上的那雙手，轉身走進浴室盥洗。

在嘩啦水聲中，奧杰站在浴室外看著那扇緊閉的門板，一下子不曉得自己說錯了什麼。這不是她要的嗎？她不是不想為了一次交歡而賠上一輩子嗎？

奧杰蹙緊眉間，沒搞懂這都什麼情況。

＊

她知道故事的結尾。

所以有一則故事，永遠不會有開始。

在倪樂的人生裡，她會像數羊一樣細數那些歡笑與感官的歡愉，會仔細回想一幀又一幀的畫面，會在沒有人看見的地方輕輕將手指放上唇瓣，撫過唇上的紋路，輕舔冰涼的指尖，像是品嚐。

那些美好的事物，都像羊群。她知道羊群跳過柵欄，並不會落地。

她知道沒有幸福，就不會有痛苦。可是太遺憾了，人生終究無法避免幸福，於是有一件事，她開始學得出神入化。

她學著忘記那些沒有瑕疵的時刻。

倒數三，就忘記。

三。

二。

一。

倪樂在投入職場的第一年，交往了人生第一個男友。

男友是間新創網路公司的創辦人之一，業界稱他為 Elijah，三十出頭的年紀就有車有房，性格穩重。那年倪樂二十三歲，成為ＩＴ公司倍受期待的新員工。一次上司帶著倪樂去拜會，穿著制式套裝的她踩著黑色跟鞋，在 Elijah 的公司大廳第一次見到了 Elijah。

氣派的落地窗投入濃郁的夕色，將他一身西服的修長身線映照得生輝。

倪樂只花了一秒上下打量，就決定要拿下他。

那一天距離倪樂與奧杰第一次發生關係剛好一個月，她得抓緊時間，趕緊愛上一個有戲可唱的。

倪樂的上司與 Elijah 互相遞了名片，而一旁配戴了一副金絲框眼鏡的助理上前招呼，接過倪樂雙手奉上的禮品。倪樂的上司爽朗地向 Elijah 滔滔不絕對於未來合作機會的期待，Elijah 應答如流，餘光卻不經意瞄見了倪樂，發覺這女孩的眼神乃至神韻都帶了些嫵媚慧黠，不由得多瞧了倪樂兩眼。上司察覺了，這才笑著介紹起身旁的倪樂。

「哦，這是我們公司的小黑馬，倪樂。寫 code 小高手啊。」性格幽默的上司拍拍倪樂的肩。

倪樂立刻抓緊時機遞上自己的名片。

「您好，我是倪樂，是這次負責與貴公司接洽的人員之一。我一直景仰像您這樣年輕有為的創業者，如果未來有機會，很想向您進一步請教這方面的心路歷程。之後如果有任何需要配合的事宜，我這邊也會盡全力處理。再請貴公司不吝指教了。」

Elijah 聽著，微笑起來，倪樂看得出他對她的評價正面，雖沒有交往經驗，可她對於自身美貌及專業素養所帶來的那些讚許目光，再清楚不過。Elijah 看著她的眼神，帶著男女之間的興致。

Elijah 親切地微笑起來，收下名片的同時也遞出了自己黑底金字的名片。

「這是我的榮幸，期待後續能多多交流。」

他的嗓音低沉溫潤，甚至能以渾厚形容。倪樂很快知道，這是她要的。套一句奧杰的論點，這是她「現階段」需要的。

倪樂微笑著與他四目相接。而後的會議一切順遂，當上司領著倪樂走出會議室後臨時去化妝室的空檔，倪樂刻意站在 Elijah 的視線範圍，站姿婀娜地輕靠牆邊，低頭檢視手中的名片。

燙金的字樣寫著：方立洋 Elijah

立洋。

倪樂含著笑意默念了遍 Elijah 的中文名，覺得好聽，就多注視了下手中質感高級的名片。她的手指在立洋二字上摩挲，厚磅數的紙質，燙金文字嵌陷得俐落明顯。

「再這麼下去，我要羨慕我的名片了。」

一旁傳來一把剛認得的渾厚嗓音，正中倪樂的下懷。倪樂望過去，得要抬頭才能看清對方的面容。方立洋的身高與奧杰差不了多少，都是能讓高䠷的倪樂提眸注視的身高，這讓倪樂相當滿意。

論優生學，她需要這樣條件的男伴。

方立洋意識到倪樂眼中的慧黠，那彷彿在盤算小心思的眼神，讓方立洋感興趣地彎起脣角。

「或許我們擇日不如撞日，下班去喝杯咖啡？」方立洋雙手揣入西褲口袋，卻始終保持著禮貌的距離望著倪樂。「請教心路歷程，妳是這樣說的吧。」

倪樂嗅到了這話間的費洛蒙。

她坦然地微笑。

「好呀。」

當夜，倪樂與方立洋當真去了公司附近的咖啡館，他們各自點了杯熱飲，暢談起自己熟知的領域。整場私會，方立洋紳士地沒有任何過度親密的舉止，坐在方桌那一端，環著手臂聽倪樂訴說她目前在公司的定位，從倪樂陳述的字裡行間，方立洋知曉她會的，遠超過那間公司讓她表現的。

「妳是被小瞧的，妳知道的吧。」

「我知道。」倪樂啜口拿鐵，笑道：「但是我的年紀只准我受到這樣的對待。」

「為什麼？」

「因為一間公司裡有很多隻眼睛。」

方立洋是見過風浪的人，自然曉得那些小鼻子小眼睛的潛規則，有能力的人無法發揮實力，是因為那些被眼光制約的上層無法更好的下放資源。任誰也不想被說話，尤是被資深的員工們評價成偏心的老闆，那多難聽。

「你也不容易。」倪樂反過來憐憫起方立洋。「你在你們公司最高位，要怎麼對待下屬、分配資源給員工，都得避免落人口舌，光想就累。」

方立洋聽著笑了。

她還真心可憐起他呢。

「妳要是肯跳槽過來，就知道這對我來說根本不難。」

「什麼意思？」

「在我們公司只看產能，資源給錯了只會變垃圾，單用性別年齡貼標籤的高管只是亂丟垃圾的人而已。在我看來，誰有能力，誰才理所當然該得到更多資源。」方立洋說話時微揚下頷，竟有股自滿卻合理的氣勢。他笑。「我這人環保得很，妳完全不必擔心。」

「真的？」

「我有長眼睛，如果妳有發現的話。」

「是啊，臉上的倒是明顯。」

倪樂幾乎是不到一秒就回應，眼神慵懶。這是她待人的一貫作風，有些尖銳，卻同等分量的真實，她並不笨，她知道自己這份伶牙俐齒在什麼樣的人面前能恰到好處地展現她的人格特質。

方立洋露出充滿興味的笑臉。

那一刻的他們就像在下一場旗鼓相當的局，黑子白子在棋盤上各自擺放，叩叩作響。

可當時的倪樂畢竟太過年輕。

她並不知道，攤在棋桌上的一切，都有代價。

Dare to unlove you

【第五章】貓頭鷹與田鼠

"It's all for you."

與方立洋交往，是倪樂人生路上摔的第一個大跤。
第一個發現的人是奧杰。
「所以你們交往一個月了？」
「還不……」
「對，一個月。」
那幾乎是奧杰第一次看見倪樂被搶了話，還沒有回嘴。
奧杰看見坐在對座的倪樂乖巧地閉上粉脣，人偶似地揚起嘴角，用僵硬的笑眼望向她身旁的方立洋。
那是倪樂約的飯局，主題是介紹男友給多年好友認識，但在開胃菜都還沒上的這段簡單對話當中，奧杰已經很清楚這其實都是誰的主意。
奧杰在方立洋眼中看見宣示主權的挑釁，方立洋卻用堆滿笑意的表情拙劣地遮掩。奧杰看得出方立洋的公關能力並不那麼稚嫩，所以這是實打實的刻意表態。
奧杰微笑起來。
在第一道料理上桌前，倪樂的目光自始至終沒怎麼離開過方立洋；方立洋動作老練地拆了筷套、磨好竹筷，夾了塊生魚片，沾好醬，放進倪樂面前的瓷碗裡，更沒忘將磨得圓潤的筷子放上倪樂的筷架。

方立洋離手時，甚至輕輕拍了拍倪樂按在桌沿的手。

倪樂露出喜孜孜的笑容。

奧杰並不意外。

這顯然是情場老手與新手村初心者的組合，奧杰一眼就知道這齣戲不會好看。

起初接到倪樂的邀約，奧杰還以為她終於要和他好好坐下來，談談他們先前的那場一夜情，沒想到電話裡倪樂卻單刀直入一句：我要介紹我男朋友給你認識。

嗯？

什麼？

奧杰當場就是這麼個反應。

什麼？

這小妮子，從小到大沒談過戀愛的人，在和他發生關係後不到一個月，就決定交男朋友了？

他甚至都懷疑自己是不是打開了她什麼不該開的開關，害她對這方面有了慾求。

有了慾求幹什麼不找他就好？

奧杰當時握著電話，滿腦子都在思考這番無解的謎團，直至坐在日本料理店裡了，他還在思索這一切。

他們三人坐在靠窗的包廂裡，座位是墊高的榻榻米。

奧杰知道倪樂喜歡在沒人發現時脫了鞋子盤腿在榻榻米上，從前帶她上這種餐館，她必然會鬼祟地環視一圈，接著就會聽見她跟鞋落地的聲響。

可是在那裡的她沒有。

在方立洋身邊的她，就不是她了。

才將近一個月，他的倪樂就不是他認得的那一個了。

不是他的小可愛了。

奧杰不著痕跡地收起失落，把所有惋惜都藏進微笑後頭，低首嚐起日式菜飯。整場飯局倪樂並沒有說上多少話，大部分時間是方立洋滔滔說著倪樂的資訊能力底子多好，跳槽到他的公司後，短時間就上手了多少工作。倪樂在旁聽著，不好意思地笑了，奧杰看見她的臉頰在店裡橙黃的燈光下顯得紅撲撲地，他想起她二十歲那年，在夜市昏黃的光線下，他也見過她紅潤光彩的臉頰，那時他第一次對她起了異性之間的念頭，卻在念頭成形以前，被他親手掐滅。

忽然之間，奧杰明白了一切，也一瞬間諒解了面前上演的劇情。

這麼多年了，他們有過無數機會走在一起。

他有無數機會成為那個輕輕拍一拍她的手的人。

可他沒有。

這麼多年了。

唯一制止他的人，只有他自己。

「我男朋友很棒吧。」

那場飯局的最後，奧杰只記得倪樂的這一句。

他看著倪樂由衷欣喜的笑靨，笑著點點頭。

「是啊，是不錯。」

在那些冰涼的魚肉滑過喉頭時，奧杰知道，他和倪樂又一次一如既往地，恢復如常。

＊

奧杰知道，當倪樂真心實意過得好時，會有什麼樣的眼神。

倪樂是個早熟的孩子，很早以前奧杰就曉得她能看透的事，比同齡孩子多得更多，也就得等量地承受那些虛偽。

她知道她的父母在一起是為了什麼，也知道父母某一方在不合理的時間外出時，可能去了什麼樣的地方見了什麼樣的人，她不認為結了婚還需要去外頭得到快樂的夫妻擁有的是真正的愛情，可她也不那麼明白什麼才是真正的愛情。

她的模範父母並不是一對模範情侶。母親揪著父親沾染口紅的襯衫領口，站在客廳大聲咆嘯的時候。父親因為床頭櫃上的陌生的男錶，而將母親梳妝檯上的瓶罐揮下桌的時候。那些帶著憤恨口吻的與巨大聲響的時候，倪樂總是坐在自己的書桌前，看著自己的鉛筆盒。

在她看來，她的模範父母是那麼神奇的相似，他們都不知道如何正確的愛彼此，當愛裡摻了猜疑與報復，愛就可以是世界上最可怕的東西。

在倪樂學生時期的那些夜晚，她看著鉛筆盒想著那對在房裡嘶吼的夫妻，又會在每一天清晨變回她的模範父母。

有時她會想，是不是她，讓他們無法選擇他們真正想要的人生？

於是每一次她趴在桌上翻動筆盒，她都覺得自己是盒子裡被保護的筆，她記得每一天早晨母親吻在她額上的溫度，與父親每一次興致盎然與她談論電視節目的語氣。她知道這些翻譯過來可能就是他們愛她，所以他們只能努力維持當筆盒的上蓋和下蓋，即使蓋子的齒槽壓根合不起來。

「你們不離婚嗎？」

一天夜晚，在飯桌上倪樂問過這麼一句。

母親與父親互視了一眼，那一年倪樂已經高中三年級。倪樂說：「你們不用顧忌我，我已經夠大了，完全可以接受你們的決定。我只希望你們開心點。」

她的父母知道，她估計是又聽見他們幾日前的爭吵了。

母親輕撫她的臉，起身抱了抱她的肩。

父親微笑起來，往她的碗裡添了菜。

那一夜他們沒有說話，安靜地結束了晚餐。

倪樂真心看不懂。

升上大學的那一年，倪樂在廚房裡看著母親忙碌的身影，還是忍不住問了母親：「這真的是妳要的嗎？」

正在做飯的母親聽著一愣，思忖了下才意會過來她在問些什麼，立刻放下湯勺揉了揉她頰邊的髮，笑道：「絕對是我需要的。」

倪樂看著母親，沒有回話。

半晌，她聽見門口的動靜。父親到家了。

母親望回鍋裡燒滾的湯。「去吧，去打招呼。」

「好。」

倪樂乖巧地頷首，到了客廳向父親問好，隨而聞見父親身上的一股、母親不會喜歡的味道。

她知道，那是不該出現的香水味。

倪樂的眼神黯淡下來，完全不明白這都算是什麼。

父親未覺倪樂的異狀，開朗地輕拍倪樂的頭頂。「真好啊！一回家就有乖女兒來打招呼，溫馨成這樣。」

「別把我說得像狗啊。」

倪樂試著幽默，而確實把父親給逗笑了。

這時，倪樂看著父親笑開的臉，想起在廚房裡看見的、母親的欣慰眼神，她頓時一怔。

忽然之間，她好像就懂了。

原來他們終究只是需要一個稱作「家」的東西。而外頭的有些情感，興許並不適合作為一個家。

於是。

她目睹著這一切，歲歲年年地長大。

於是。

關於人會為了滿足供需而在一起，她其實是比誰都要懂的。

一天晚間加班時，倪樂在獨自一人的辦公室裡，接到父母每個月固定打來關切的電話。

「最近都順利嗎？」

電話那頭是母親溫婉的嗓音，倪樂邊聽邊微笑，坐在辦公桌前慵懶地半趴在桌上。

她懶洋洋地應：「嗯，還可以啦，過得去。」

母親聽著笑了。

「那就好。下次休假再帶立洋回來一起吃飯，我看立洋這人不錯，又禮貌又懂事，像這樣年紀比妳大一點的好，做事成熟，又能照顧妳，妳在他身邊工作我放心多了，不像之前妳在那間什麼科技公司，薪水少，假期也少。」

「不一樣啦，我在那邊只是個小職員欸，薪水少但壓力也少。現在在立洋這邊要負責整個專案，壓力很大啊。」

「少來，這不就是妳一直想要的嗎，妳那時是怎麼說的？想要一個……舞臺？施展拳腳？總之我聽起來，妳現在這樣正是妳需要的。」

需要。兩個字讓倪樂心裡一顫。

——這真的是妳要的嗎？

——絕對是我需要的。

她想起那一年她曾問過母親，而母親曾回答過她的。

和方立洋交往的期間，她其實也漸漸開始害怕那所謂的「供需」發生在他們身上。

她會不會只是需要一個展現能力的跳板，而方立洋，會不會只是需要一個上得了檯面、能力足以替他暗地看管公司的另一半呢？畢竟她也在方立洋身邊工作了兩年，稱得上成績亮眼的專案經理。她自覺自己應當已經接近了這樣的設定。

就在倪樂陷入沉思時，她聽見話筒那頭傳來父親的聲音。

「嘿，有在聽嗎？妳媽去倒垃圾了，要我和妳說說話。」

「啊、嗯，有在聽。好久不見了，爸。家裡都還好嗎？」

「有什麼好不好的，不就老樣子。倒是妳啊，什麼時候和妳老闆結婚啊？」

「什麼？我才二十五歲欸，不急啦。」

「什麼不急啊，這種好對象不要拖啊，要趕快套牢人家！我看那些電視劇演的都是些女職員勾搭老闆的劇情，妳不要到最後變砲灰我告訴妳，要有正宮的氣勢哈！」

「哎、你不要亂講話啦，立洋才不會被別人勾走，我很放心他。我們感情很穩定啦，你不要瞎操心。」

「那妳幹麼拖拖拉拉？妳明明是想結婚的類型。上次聽妳跟妳媽說的。」

「什麼上次，那時候我才高中吧。」倪樂扶住額角。「我現在工作都忙不過來了，一堆中小企業不是找我們開發ＡＰＰ，就是要我們優化他們那些古老的網站介面，根本擠不出時間想結婚的事啊。」

「啊——臭小子，什麼時候變得滿嘴藉口了，哈？我養妳那麼大還不了解妳？妳真的想做的事，沒有誰也沒有什麼事能阻止妳。」

「怎麼會有你這種爸啊！急著把女兒嫁出去是什麼意思啦！」

也許是意外被說中了心事，倪樂焦躁地大聲起來。可電話那端，父親卻沉下了聲調。

「小樂啊……」他低聲說道，語氣含著笑意，卻帶著無奈。「我只是希望妳不要錯過妳要的。妳從小就很清楚自己要什麼、不要什麼，在我看來，不管唸書還是工作，妳都沒走多少冤枉路，可是做爸的還是挺擔心妳對身邊人的選擇。」

倪樂聽著一怔，連忙強調：「我知道我要什麼啦，爸。你不要這麼擔心啦，突然的、搞得我心裡好毛啊。」

父親這時笑起來。

「我還沒說完。」他說。「妳不要錯過妳要的，可是先決條件是妳要什麼。就像妳小時候對升學的科系啊、實習的公司啊，那些妳都會做功課，很確定那適合妳，妳才會去。我希望妳現在也還一樣聰明。」

「什麼話，我從來沒笨過。」

「是嗎，可是我剛剛聽起來，已經開始懷疑這傢伙是不是妳真的要的人了。」

話題到這裡，倪樂知道她已經無法用一貫手法模糊帶過了。她的父親是頭腦清晰的知名律師，她方才一定是說溜了什麼，才落得有跡可循。

倪樂自知這段對話就要嚴肅起來了，她握著手機，對於父親的敏銳一下子不知所措。這一刻她張著嘴，竟一個音也發不出聲。

「小樂，聽好了。」

她的父親曉得，倪樂此刻的沉默十之八九是他說破了些什麼。他在電話那頭輕嘆。

「我和妳媽知道妳孝順，妳大學開始就給家裡寄錢，這也讓我們知道妳不只孝順，還很能幹。我和妳媽也是在同一間公司打拚過的，年輕的時候可能一度被那什麼……就是，被對方有實力的一面吸引，到適婚年齡的時候，發現我們的薪水加起來真夠不錯的，談攏了就結婚了。後來我們生不出孩子，所以我們就領養了孩子，妳也知道的，就是領養了妳。」

所以——

「所以我們一路走來，都是這樣談攏了就執行，達成共識就世界和平。」倪樂的父親試圖鬆綁氣氛，笑得輕快。「當然，我和妳媽還是常常吵架，但是我和妳媽從來沒有後悔過我們一起討論好的每件事，這也是為什麼我們每次吵過一晚上，隔天早上還能相安無事。我知道妳看得出我和妳媽各有各的生活，可是那是我們覺得可行的方式。人很複雜，相處也很複雜。而我也知道妳尊重我們的相處模式，雖然有點怪，但是妳接受了，所以——」

所以啊，小樂啊。

「小樂啊……」他第二次語重心長地叫喚倪樂的乳名，笑道：「妳要知道，爸媽也會尊重妳的選擇，只要那是妳真正決定好的，好嗎？」

倪樂在電話這頭聽著，竟忽然就鼻酸了。

「嗯。」

她輕應。

她知道她的這對養父母體現了社會中最常見的供需關係，她並不希望自己走上一樣的路，所以她不斷在避免。

於是對於近日方立洋的頻繁出差、越來越多公司內部的問題壓到她身上的這段時間，她心底有那麼一塊，偷偷地在害怕。

會不會，她與方立洋之間終究也淪為一種互利共生呢？

可這樣的問句，總在排山倒海的工作中被一次又一次地往後推挪，她根本沒有辦法辨認什麼才是答案。

她斂下視線。

「我知道了，爸。我會找時間好好想想，今天加班，先掛電話了。」

「等等。」

「嗯。」

「妳要記得，妳想要的，和妳需要的，有時候是兩回事，也有時候是一回事。」他說：「一回事是千載難逢，兩回事才是常態，有時只要懂得平衡就可以了。」

倪樂聽著，沉重地應了聲：「好。」

「那先這樣，照顧好身體啊。」

父親囑咐後，主動掐斷了通話。

聽筒恢復安靜，她將手機放上桌面，同時看見堆疊在桌上的待處理文件，一瞬間所有煩躁都浮上腦門，她不禁雙手掩面地低吼一聲。

真是煩死人了！

她當然曉得想要和需要的取捨，這世界上有多難讓想要和需要變成同一碼事？

兩回事才是常態？

平衡就可以了？

「啊——可惡！不是這樣！」倪樂雙手拍上桌子，對著手機大聲表態：「想要的和需要的，就該是同一個人！胡說八道的老頭子！」

就在這時，桌上的手機忽然響起收到訊息的提示音，畫面亮起。

倪樂皺著眉頭，一臉厭世的按開手機查看，只見螢幕上跳出通訊軟體的通知，是久未聯繫的奧杰傳來一行字。

——**見個面嗎？好久沒聊了**。

倪樂簡直眼神死，太多要解決的事，讓她不耐煩地簡單回應。

——**不了，最近很忙，一直加班**。

然而訊息才送出就立刻被已讀，對方旋即傳來下一句，讓倪樂也直接已讀了對方的訊息。倪樂嘆口氣，這下也就只能一句句即時回覆了。

她看著手機螢幕上，他們來回的字句。

——**還在加班？現在？**

——**對啊**。

——**為什麼？**

——**我怎麼知道。能者過勞吧**。

——**男朋友有陪妳吧？**

——**他外地出差**。

——不是吧，這麼晚一個人太危險了！

——誇張。不危險啦，公司都有保全好嗎。

當倪樂還在想著怎麼奧杰停下了，她的電話就響了。她被自己的手機鈴聲嚇著，拍拍胸口看清來電者。

果然是與她傳訊息的人。

「喂？」她立刻接起電話嗤笑。「嫌打字麻煩？」

「不是。」話筒那頭是奧杰凝重的聲音。「妳經常這樣嗎？現在都幾點了。」

「嗯，十點。」倪樂沉悶地瞥一眼電腦螢幕右下角的時間，又望回螢幕上的報表，眼看進度堪憂，索性單手敲起了數據。

奧杰透過手機聽見敲擊鍵盤的聲音，一下子惱火起來。

「倪樂，關機，下班。」奧杰語氣嚴肅。「妳這人我還不清楚嗎，妳不可能是因為份內工作沒做完才加班，妳剛才的訊息說了能者過勞，代表妳現在八成是在收別人的爛攤子，老是這樣，別人只會越來越利用妳，惡性循環！」

傳來的語調太過嚴厲大聲，讓倪樂翻著白眼把手機拿開了點。整層辦公空間只有她一人，她乾脆就開了擴音。

「你不要激動啦，不是什麼悲情女主的戲碼。」她將手機放在辦公桌上，又操作起滑鼠。「我大概十一點前可以解決。」

奧杰聽見滑鼠不間斷的點擊聲，火氣更盛。

「我現在去接妳下班。」

「欸？幹麼啊，不用啦，發什麼神經啊。」

「妳男朋友出差了不是嗎，這時間也沒公車了吧，妳打算睡公司嗎？」

「拜託，世界上還有一種叫計程車的服務好嗎？」

「妳沒看到那些新聞嗎，落單女子深夜被載去——」

「奧杰，停下。」倪樂蹙起眉間，正經了語氣：「你這樣我很困擾。」

奧杰聽見她明顯冰冷的態度，知道溝通無效。

奧杰嘆了口氣。「好吧，妳盡快忙完，別太晚。」

「嗯。」倪樂對於奧杰的讓步鬆了口氣，放軟了口氣：「知道你是擔心我，我會盡量早點回家。」

「好。」

奧杰簡單應答便掛斷了通話。

空間又一次恢復寂靜，倪樂放下發燙的手機，斂著杏眼望著黑掉的螢幕。

她知道奧杰平時嬉皮笑臉，可對於不公平對待特別無法忍受，像是倪樂初識他時，他在公車站執意與女友分手的原因，便是女方不忠。

這人雖然對感情輕描淡寫，可對於忠誠還是做得相當徹底。這樣的人，是無法立刻理解她的難處的，在電話裡解釋，既累人又麻煩。

她只想盡快結束眼下的工作。

她在忙的確實本不該這麼緊急，可身為方立洋的另一半，男友急需的資料她沒有不幫忙的道理，就像這連日以來那些狗屁倒灶的事一樣。

倪樂重新看回電腦螢幕，上頭的數據密密麻麻，她滑動游標拉下頁面，需要處理的原始資料量讓她一下子胃痛起來。她晚飯沒吃，下班前被面色蒼白的男性同事攔下來，對方高了倪樂一個位階，專長是數據分析。

「倪樂，有件事找妳討論，方總他……」

對方還未說完，倪樂的手機就響了，手機螢幕閃現的正是方立洋的名字，對方看見螢幕上的來電者，立刻請倪樂先接起。

倪樂按下通話鈕，聽見方立洋在電話那頭簡潔扼要地描述後，對著面前的同事點了點頭。

遠在北部的方立洋明天下午臨時需要一份報表，好向合作企業索討更多資源。眼前忙到面色發白的同事已經初步處理了資料，後續的分析，方立洋希望由倪樂趕工完成。

倪樂想也沒想就應承了下來。「好，交給我。」

接著倪樂拿了同事給的原始數據就開始幹活，那些折線圖、圓餅圖，以及各種比對性質的列表於她而言並不難，難就難在以一個正常員工的效率而言，這資訊量壓根不是一晚上能分析完的。這樣的大型專案，她得上緊發條捧著計畫書全神貫注才能避免離題。

她知道方立洋是看重她的能力，才把這樣重要的急件交付予她；更甚至是看在她是他的女友才足夠信任她，讓她負責這般全是商業機密的資料分析。這些她都明白。

只是累。

只是煩。

只是這會兒她胃痛得厲害。

此時她只能在僅剩她一人的辦公空間壓著胃部，用力罵出一句：「該死！」

她其實上午就感覺不妙，手上的另一件案子讓她連日處在精神緊繃的狀態，連續一週熬夜讓她上班時黑咖啡酗得凶，胃早就撐不住了。

倪樂趕緊抓住提包摸找包裡的胃藥，摸出藥罐卻發現裡頭一顆不剩。

「不會吧！」

她痛苦地叫出聲，一頭倒在桌面上。

她硬著頭皮撐起身子，對著電腦敲打半晌，又一波胃痙攣讓她這下直接蜷縮起來，咬牙抱著肚子，直到這一次的抽痛過去。

「太誇張了，是要我死嗎……」

倪樂喃喃自語，方才疼痛冒出的汗珠在她試圖直起身時滑下，滴溼了桌上凌亂的文件。她隻手抹了抹，看見上頭的字樣被暈糊了一些，覺得自己的胃也差不多爛糊糊的了。

唉。倪樂不住嘆息，瞥了眼手錶，又望回面前的電腦數據。

罷了，明早再趕，先回家吞顆胃藥。

過去經驗讓倪樂知道她現在需要的是胃藥加睡眠，否則拖著這副身體是沒法準時交件的，於是她只得認命地存檔備份，關上了電腦。

她把隨身碟扔進皮包後從ＯＡ桌屏之間站起，檢查了所有電器，再穿起及踝的黑色風衣下了樓。在電梯裡她看見梯廂鏡面裡拎著提包的自己，那一臉倦容讓她心一驚。

倪樂立刻湊近鏡面端詳自己，她看上去相當憔悴，尤其在這個時間點，早晨化的妝都脫了大半，黑眼圈在理應俏皮的臥蠶上顯得像涉毒人士，連續幾日熬夜趕資料而浮出的兩顆小痘，在泛著油光的臉上更加明顯。

倪樂焦急地從包裡撈出粉餅補妝，在電梯抵達一樓前趕緊塗上粉色的口紅補補氣色。

電梯門打開時，她將口紅扔回包裡，一轉身，就看見奧杰臭著一張臉站在門口。

「你、你怎麼……」

倪樂訝異地退了一步，在電梯門即將關上前才反應過來，趕緊按住門，亂著步伐走出電梯。

「我不是說你不用來嗎！」

倪樂蹙眉就是這麼一句略帶責怪的語氣，她下意識拉著對方棕色大衣的袖口，將他拉到一旁。

她左右望了望，公司大廳除了警衛還有一些不認識的稀落男女，看上去是共用同一辦公大樓的其他公司的員工，來往人們面孔不少，也難怪警衛對奧杰並無攔阻。

見倪樂評估周圍的行為，奧杰挑高了一側眉梢。

「怎麼，怕認識的人看見，誤會妳不守婦道？」

倪樂聞言瞪過去一眼，她在公司的身分敏感，多顧慮一些周遭眼光又怎麼了。

「好啦，別瞪。」奧杰吊高嘴角，提起手上的一袋燒烤。「剛才通電話的時候我正好在買消夜，知道妳不可能這麼快下班，只是想送點食物過來，這總可以吧？」

倪樂一聞見那烤肉的膩香，胃痛就彷彿神奇痊癒了，取而代之的是晚飯都沒來得及吃的巨大飢餓。

「可以，這可以。」她旋即搶過他手中沉甸甸的袋子，拿了一串蔥肉捲就往嘴裡塞。

接著她驚覺還身在公司裡呢，這麼罔顧形象是不行的，又馬上把肉串拿出了嘴。

「幹什麼啊，要吃不吃的，噁不噁啊。」奧杰皺了下眉，抬頭看了眼大廳牆上的掛鐘。「妳這時間怎麼會下樓？我剛正想上去找妳。」

倪樂默默把咬過又沒咬斷的肉串放回塑膠袋裡的紙袋，抹了抹自己沾到醬的嘴角。

「想說明天早點起床再趕，我胃……」倪樂話及此，硬是打住，隨即聳了聳肩。「我胃、為什麼要在公司熬夜？我大可以早睡早起再做啊。」

呼。

她差點就要閒話家常地說出胃痛了，她可不適合在奧杰面前賣慘，這點，她還是有自知之明的，她是有男友的人，沒理由要別的男人同情她、安慰她，甚至照顧她。

奧杰看出倪樂一度說話不順，不由得眉宇凝重起來，一雙淺棕色眼睛審視著她。她看出男人的打量與懷疑，趕緊帶開話題。

「好了，我該回家休息了。忙了一天，好累。」說罷，她就拿出手機點開了叫車的軟體。

奧杰立刻翻了個白眼。「夠了，我載妳回去。」

「別別別，公司的閒言碎語太麻煩了，你別添亂。」

「妳才別給我添亂，走了。囉哩叭嗦。」

奧杰下意識要抓倪樂的臂膀，卻立刻反應過來收回了手。他知道她在意那些細瑣的男女距離，只得憋悶地瞪她一眼，轉身朝大門方向走去。

看著奧杰兀自走遠的背影，倪樂躊躇了會兒，還是咒罵一聲，跟上了。

這種時候或許理直氣壯是更好的，更不會遭人揣測。如是想著，她抬頭挺胸踩著高跟鞋在經過門邊的警衛大哥時，一貫自然地打了招呼：「辛苦了。」

年約五十歲的警衛揚了下帽簷致意，收回目光，看向一旁電腦螢幕上的分割式監視影像。

倪樂不介意警衛大哥的面無表情，隨著奧杰走出公司的旋轉門。

踏上門外人行道時，奧杰上下瞥了一眼倪樂。她身穿西服式的連身風衣，傘襬下露出一截纖瘦的腳踝，白皙皮膚襯得腳上一雙高跟襪靴漆黑雅緻。奧杰的視線不著痕跡地往上晃回她的側臉，那微翹的鼻尖還是他記憶中的模樣，習慣在這般冬季穿的黑色高領還是那一件，可有個什麼不見了，是什麼呢？

他知道她不一樣了，距離上次見面已是將近兩年前，那是她第一次介紹方立洋給他認識，在那間日式料理店。在那裡，他知道她已不是他的倪樂，可在那裡的她還擁有那一股特質，在這裡的她，卻沒有了。

是什麼呢？

奧杰不斷打量走在一旁的倪樂，倪樂卻沒有多餘的心思意識到對方的注視，她呼吸冰涼的空氣，已經很久沒有注意到公司外的景象。再一個月就是聖誕節了，街邊商店充斥著節日氣氛，她看著那些垂掛的聖誕球與帶著彩燈的樹藤，忽然感到奇異的陌生，陌生中又帶著遙遠的熟悉。她步伐規律，發現冬季街道的風原來是有聲音的，車輛輾過柏油，商家播放聖潔的音樂，還有風擾動樹葉的摩挲聲響，全摻和在迎面冰冷的風裡。

倪樂瞇起眼睛，將手上的一袋燒烤掛上手腕，對著忘記帶手套的雙手呼了口氣。

奧杰見她搓著手，提議去附近便利商店買杯熱飲，倪樂沒有婉拒，她還餓著呢，胃空燒的不適讓她反射性地答應了。深夜不適合咖啡，於是他們很快買了兩杯熱可可，結帳時，奧杰順手拿了一瓶礦泉水一道付帳。

倪樂雖然納悶怎會有人想在這種冷天喝冷開水，但空腹的飢餓讓她跟在奧杰身邊、只顧得上吃肉串。

奧杰見倪樂不顧形象啃食的模樣，不由得唸道：「像隻倉鼠。」

「什麼？」

「像隻餓死鬼。」

「不對，你剛才說的是倉鼠。」

「那妳有聽見還問個鬼。」

倪樂癟了下嘴，不置可否地聳聳肩。「電視都這樣演的，被稱讚可愛的時候就要裝沒聽清楚，好像就特別萌吧。」

「萌？妳？」

那句反問讓倪樂瞪了過去，走出便利商店時，她看見玻璃門上的倒影，她還是那副高䠷身段，自小就是如此，讓她從來就和可愛搭不上邊，可說到底，她還是有點點期待有人能看待她是嬌小軟萌的。

走進停車場時，倪樂禁不住悶聲抱怨：「在學校我就是個班長之類的硬派角色，出社會我還是明明年紀就不大卻被叫倪姊的人，你說，我是不是真的長相長得太著急還是怎麼的？還是因為我長得高？」

奧杰一面投幣繳停車費，一面笑道：「是因為妳的個性。」

「我的個性不萌，是這意思嗎？」

「不是，是妳的個性太容易讓周遭人依賴妳了。」

機器掉出已消磁的藍色磁扣，倪樂先奧杰一步從機器盤裡拾起。這樣下意識的動作讓他們同時一怔。

「看吧。」奧杰忍俊不禁地笑起來。「妳老是在別人反應過來之前，就把事情做好了。」

「真是的。」

倪樂蹙起眉，真心懊惱地又往嘴裡塞起肉串。

她思考著這既定的事實都該從哪裡下手矯正，心不在焉地就隨著奧杰走，直到坐上對方的車。

倪樂已經很久沒有坐上奧杰的副駕駛座了，想當年還是實習生需要外地培訓，都是奧杰擔當司機的。她隱約記得那些日光明媚的日子裡，吃著零食看著車窗外美景的時刻。那些時光還能輕易讓她微笑，只是生活早把那一記愉快磨得粗糙，她和他沒能延續那一切，每當她觸碰那些過往，只會磨破指尖，感到疼痛。

感到悲傷。

奧杰一坐進駕駛座，就忙著將溢出杯蓋的可可擦乾，沒留意到倪樂臉上輕淺的失落，當他將其中一杯清理好的可可遞給倪樂，倪樂已是一副工作過度緊繃後、連本帶利一次放鬆的倦態。

奧杰看著倪樂放下那袋烤肉、小心翼翼啜飲可可的模樣，下意識脫口：「妳真的沒什麼精神。以前也看過妳工作過度的疲態，但今天好像特別嚴重。」

「是嗎？」倪樂嚥下嘴裡的甜味，一手摸上臉頰，臉上還有著她剛剛在公司電梯裡補妝的粉質觸感。她不由得納悶：「我都已經補妝了耶。」

「什麼鬼邏輯……沒精神跟補不補妝有什麼直接關係啊。」奧杰皺眉。「妳補了妝就能兩天不睡覺嗎？」

「不是啦，我是說、我都補妝了還那麼明顯嗎？我當然知道我看起來很累啊，因為我就很累啊。」

倪樂理所當然的眼神帶著自嘲的笑意，奧杰凝視她一會兒，嘆了口氣。他傾身按開副駕駛座前方的儲物倉，從裡頭拿出一個棕色半透明的小瓶子，遞給倪樂。

「拿去，胃藥。妳習慣吃的那種。」奧杰由她手中拿走可可紙杯和磁扣，將剛才在便利商店買的礦泉水塞到她手上。「配水。」

奧杰那些簡單扼要的指示讓倪樂全程發愣，她看著手裡的小玻璃瓶，瓶上貼著她熟悉的藥品名稱，裡頭滿滿都是喀啦作響的藥丸子。

她怔怔地望向奧杰。

「看什麼。」奧杰發動了汽車，慵懶地瞥她一眼。「妳以為妳裝得多好？一把烤肉交到妳手上我就知道了。妳那飢餓三十的反應。」

倪樂聽著不禁笑了出來。啊，是啊，她今天太累了，沒能演得太好。明天以後，她會再努力一點的。

倪樂噙著微笑，旋開藥罐，搭著水立刻吞下一顆胃藥。奧杰隨而將她手中的藥罐塞進她的提包，倪樂沒有推拒，她這陣子工作壓力大，確實需要這罐仙丹。

之後奧杰把車開出停車場，在街道拐彎處停了紅燈。趁著空檔，他還是忍不住叨絮起來：「我說啊，妳不要老是這麼工作狂，我知道妳不在意，但妳也該想想妳男友。」

「我男友？」

「妳男朋友會擔心啊。」奧杰掀開杯蓋牛飲自己那杯有些降溫的可可，睇視倪樂的眼神帶有譴責。「妳是第一次談戀愛，可能難免疏忽，但我告訴妳，交往是一件麻煩的事，妳不只要為自己的感覺負責，妳還得為另一半的感覺負責。就算妳不在乎自己超出負荷，男友也會擔心，妳要多注意一點。」

倪樂聽著頓了下，竟下意識地大笑起來。

「立洋不會在意的啦、我加班還是拜他所賜！」倪樂笑得相當爽朗，隻手拍了拍空氣。「我這員工這麼好用，他一個有腦袋的老闆當然得多用用啦。而且他和我的關係在公司裡很公開，為了不讓人說閒話，我這個專案經理當然也得多加把勁、當個讓人心服口服的賢內助啊，所以我這邊多做點、當個救火隊，都是我和他早就有的共識。唉，反正他是個好男友，但是是個壞老闆！」

倪樂說完，又一次大笑。真爽快啊，她想。她好久沒有說老闆壞話了，自從她的老闆成為她的伴侶，她就再也沒有人能訴苦了，因為她最親密的、理應聽她訴苦的人，就是她最想臭罵的人。

她深深吸了口氣，重重地吐息。也許是因為胃痛終於獲得藥效緩解，她心情輕飄的一時忘了太多顧忌。當她像喝啤酒似地灌了一大口可可，餘光瞄見奧杰眉頭深鎖的模樣時，她才立刻驚覺不好。

倪樂急忙吞嚥，連連解釋那都是誇張的說法，不要放在心上。

「我誇張了我誇張了，不要當真。」倪樂拍拍他寬厚的肩，陪笑道：「你也知道我的個性嘛，很多事非得自己來才安心，我剛剛不是真的在抱怨啊，大哥，你不要一臉凝重，嚇死我了。我現在過得很充實，我在這間公司是真的受到了重用，完全就是我要的啊。」

她咧開嘴笑，試圖拉回氣氛，卻不成功。奧杰低下視線嘆息，咕噥了句：

「妳開心就好吧。」

「開心的開心的，你放心。」倪樂點頭如搗蒜，又佯裝自然地喝起可可，但她心裡知道，經過剛才一番話，奧杰對方立洋的印象已經黑掉了大半。這是她最不希望的，她期望的是在奧杰面前證明自己能找到一個好歸宿，她打心底是想驗證真正的愛情給他親眼一瞧的。

看吧，這世上才不是只有供需能將兩個人牽在一起。

看吧，牽著我的人只為了愛我而愛我，和我一樣，深信能一起白頭。

多幸福啊。

我多幸福啊。

倪樂轉頭看向車窗外，外頭夜色深濃，市區光害嚴重得看不見星點，她很明白這一刻的她，並不如那一年坐在這同一個位置的她。那一年她只是個科技公司的小實習生，她沒有頭銜，沒有光環，可她有著現在的她沒有的。

她也發現了奧杰發現的。

倪樂有個什麼不見了。

是什麼呢？

她闔上眼，聽見奧杰將裝著熱可可的紙杯蓋上杯蓋，放上杯架。

奧杰鼻息沉重，他握著方向盤，看見前方紅燈轉綠。踩下油門時，他決定不再深探，只低聲說道：「送妳回家。妳搬出父母家了吧，妳現在住哪？」

她睜開眼。

「立洋那裡。我現在和立洋兩個人住。」她聽見自己的嗓音平穩得可怕，回頭指向奧杰車上的面板。「我來設定導航吧。」

倪樂沒等奧杰應聲，就兀自僵著手指按壓冰冷的螢幕，注音符號開始組成字眼，字眼開始組成字詞，字詞開始組成一串，她並沒有那麼想回去的地址。

當那串文字，變作紅色倒水滴型的標記點時。

她好像有點知道她丟失什麼了。

＊

從前的愉快出現後，便會消失。

現在的愉快消失後，卻再也沒有出現。

奧杰載著倪樂到了她與男友同居的社區樓下，那是一幢有著挑高大廳、完善保全的大廈。奧杰停在街邊的停車格，望出車窗。只見大廳高聳的玻璃門透著鵝黃燈光，一盞吊掛的水晶燈映得內部裝潢高雅生輝，相當氣派。

「不愧是當老闆的人。」奧杰雙手交抱在胸前吹了個口哨，態度輕浮地笑。

「我也去住個這樣的高級住宅吧，方便勾搭一些貴婦。」

「別了吧，當小狼狗也是有年齡限制的。」副駕駛座上的倪樂拍拍他的手背，面色誠懇地告訴他：「你太老了，已經被市場淘汰了。」

「閉嘴。」

倪樂被奧杰這一句閉嘴逗笑了，她好久沒能拌嘴了，過去他們總像今天這樣拿對方尋開心的。

倪樂骨子裡調皮，說話鋒利，這兩年在方立洋面前卻明顯拿不出這一面，她知道這兩年來，她真正說出口的話變得圓潤得體，這都是立洋教導她的，那些察言觀色的技巧、應對進退的藝術，立洋從不對她藏私，可相對的，那些倪樂原有的銳芒，也被打磨得不似原貌。

而這一刻，當她看著賭氣的奧杰然後大笑的時候，她這才確信她失去的，是她這一刻聽見的。

她失去的，是這一聲聲無法收斂而那麼、那麼用力笑著的，她的聲音真好聽啊。

倪樂不知怎地有些想哭，她知道她奮力放下的，是她真正想要的。她還知道她為了放下而拾起的，是她無所謂去留的。

她只是沒有辦法失去奧杰。

真正意義上的，失去奧杰。

——妳想要的，和妳需要的，有時候是兩回事。

倪樂這才能夠真正瞭解她父親所說的。

她**想要**奧杰存在，於是她、不能**需要**奧杰。這甚至是她打從遇見奧杰，就決定好的。

後來，他們坐在車上聊起過往，倪樂注視著奧杰的側臉，她微笑應答，她知道過了這一夜，她又會坐在床上閉上眼，倒數三，忘記這一切。

她需要一如既往地去愛另一個人。

即使愛得可有可無。

＊

翌日倪樂醒來，很快就發現自己發燒了。

她從來也不是糊塗的類型，她曉得自己身體的變化。早晨當她感到頸椎無力，頭痛欲裂，更別提渾身發燙時，她就曉得大事不妙了。

倪樂步履蹣跚地下床翻出耳溫槍，三十八點六度。她立刻由廚房的吊櫃拿出退燒藥及胃藥，和著開水吞了。她雙手撐上冰涼的大理石流理臺，疲累地幾乎睜不開眼。窗外透入的冬陽並沒有太大溫度，她冷到隻手攏緊了睡衣領口，透過勉強撐開的眼縫看向廚房內的塑膠掛鐘，十一點二十分，已經要中午了。

「……」

要中午了！

倪樂腦內轟地一聲被夷為平地，她睡過頭了！

她倒抽口氣，本打算早點起床處理今天下午方立洋開會所需的報表，這下好了，這都幾點了！

她慌張地回到臥房翻找手機，床上沒有，地上沒有，床頭櫃沒有，昨天穿的外套口袋裡也沒有！她惶恐地渾身發汗，最後才在擺著皮包的衣櫥邊沿找到手機。當她顫著手指點開螢幕，只覺得世界要毀滅了。

十八通未接來電：立洋。

倪樂咬著牙第一時間回撥，卻進了語音信箱。百百種解方開始在她腦子裡高速繞跑，她蹙眉思索了下，決定面對現況，再來決定最適方案，於是她立刻開了電腦。

她從皮包裡翻出隨身碟，插上電腦開了檔案，幾乎是一分鐘之內就評估出了結論，這餘下的分量她一個人勢必無法在時限內完成，於是她點開了工作群組，給組員發了訊息：急件，請大家協助。

接著她把資料及數據分析的半成品一併丟了上去。她身為專案經理平時獨立自主，組員看見她難得請求協助，紛紛回訊息表示全力支援，甚至幾個貼心的還關切她怎麼沒去公司、是不是感冒了。

倪樂在電腦前微笑起來，發了條訊息：嗯，發燒了，睡過頭，抱歉。群組上立刻捎來許多慰問，並囑咐她好好休息，數據分析交給他們大夥就行，這會兒倪樂懸著的心終於放下大半，可畢竟她的組員對這份報表還不熟悉，不可能做到完善，她甚至都能預測最終析出的成品錯誤率，或者更大的可能是為了趕上時限，索性忽略部分資料。

這可不行。

倪樂又丟了條訊息上去：我現在出發，等等到公司，我看過沒問題再發給方總。

方總。

她看著螢幕上她發上去的那道稱謂，不由得心一酸，比起依賴，她對方立洋更多的是畏怯。她總是以抬頭望的視角，看著她的另一半。

她是那麼害怕出錯。

她是那麼害怕看見每次方立洋失望的眼神，那麼害怕他的糾正，那麼害怕得不到他的認同，以至於這份愛，是那麼的沒有所謂。減去愛，剩下的只有滿滿的恐懼。

而她卻找不到方法停止。

倪樂嘆息著關上電腦，沒再多想，迅速地換上外出的黑白套裝。

準備出門時，她接到了方立洋的來電，她心裡慌，趕緊將桌上的備用悠遊卡揣入口袋，握著手機邊接通邊穿上鞋子出家門。門鎖自動上鎖，咔地一聲。

手機那一端的方立洋正巧聽見那一聲咔響，於是劈頭發問：「妳才剛出家門？妳睡到現在嗎？」

倪樂幾乎喘不過氣，可硬是穩住了語氣：「對，真的很對不起，我昏到現在剛剛才發現自己發燒了，你要的數據分析我請我的組員在做了，我現在——」

「妳叫妳的組員做？」方立洋拔高了聲音：「我不是說了那份資料特別重要嗎！那是妳才能做的，就算妳信任妳的組員不會外流那些資訊，妳覺得憑妳組員的能力能在短時間內做出來？」

一瞬間倪樂感到全身血液都被抽光，渾身冰冷。

他沒有一句話，在關心她。

「我發燒了，立洋。」倪樂站在電梯門口，對著手機平靜地開口：「我發燒了，我很不舒服。」

她看著她方才急呼呼才按亮的下樓按鈕，突然覺得什麼都無所謂了。都去見鬼吧。

「樂樂。」話筒那頭傳來方立洋明顯低沉的聲音：「我知道這陣子妳很累，也知道妳身體不舒服，但我只是就事論事，我們工作上做事——特別在緊急情況下不能亂，我們不能因為急，就隨便把商業機密給別人去處理。我只是想趁這個機會讓妳懂而已，不是罵妳，知道嗎？」

那顯然軟化的態度在耳邊迴盪，倪樂聽得想笑，她太明白，這也不過是一種手段。

他這兩年來把她教得太好，她已經沒有辦法再上當了。她很遺憾。

「立洋，不要把你的失誤安上那些好聽的大道理，你這是在浪費時間。」她揚起嘴角。「你就直說吧，你就是不滿我沒把資料按時交到你手上，你就是不滿我發燒了，找你認為的次等救兵，到時給你的就只會是次等資料。這才是你真正憤怒的原因。現在你意識到你情緒失控，你發現你在拿到資料前不該激怒我，索性用這種漂亮的理由來掩飾。立洋，不要耗時間作戲了，你的套路我還不清楚嗎？我不只是你的下屬，我還是你的女朋友——如果你還記得的話。」

「樂樂、妳明知道我不是……」

「資料會盡快交到您手上，方總。恕我沒時間再和您爭辯，再見。」倪樂冷靜地掛上電話，在電梯門開啟時，抬頭挺胸地走進梯廂。

當倪樂踩著堅定的步伐來到公司，組員立刻圍上來詢問她的身體狀況，她欣慰地回了句別擔心，就開始了數據分析的進度審查。組員對她處理公務時的一板一眼習以為常，很快就回到電腦前秀出各別臨時趕工的成果。他們分工得相當明確，也很清楚各自擅長的領域，在倪樂的培訓下，他們已經很能快速地將一件任務拆解、瓜分，各司其職地完成分內工作，最後的統整則交由倪樂操辦。

「好了，截至目前處理過的資料都先發給我一份。」

倪樂坐到自己的隔間座位，開了電腦就開始對個別資料糾錯，她沒有多餘叨念，只迅速指示每個組員如何修正其所負責的部分，再將她認為搬得上檯面的圖表排版到整份資料的頭幾頁。

倪樂全神貫注，他們全組人員也沒人敢吃午飯，下午一點四十分，倪樂終於將統整完成的資料發給了方立洋。

她看著傳送的進度條跑到百分之百，幾乎是同一時間撥出電話。

「方總，您要的資料發過去了，您再接收一下，確認收到再給我個訊息。」

倪樂在電話接通時就說了這麼一段話，語氣公事公辦，讓手機那端的方立洋很快明白這絕不是哄女友的好時機，現在的倪樂，是「公司裡」的倪經理。

方立洋嘆了口氣。「好，我知道了。」

倪樂毫不猶豫地結束通話，點開電腦上的傳訊軟體，盯著方立洋的訊息欄位，畫面上，她傳送過去的檔案圖示旁顯現出已讀二字，過了約莫八分鐘，方立洋似乎已快速瀏覽過一遍，這才傳來一句：「看過了，沒問題。」

倪樂闔上眼，吁出一口氣。

方立洋的會議是下午兩點三十分，依他的能力，這些時間大大足夠他去消化這一份分析結果，相信會議上他會利用這些數字渲染出一套撈錢的好方案。

倪樂放鬆地往後靠上椅背，她的頭好暈，她只記得她向組員說了一句「大家可以去用餐了，休息一下，辛苦了」，就陷入了睡眠。

＊

倪樂一路睡到了下班，其間沒有人敢吵醒她，直到一位女性組員眼看辦公室要準備熄燈了，才趕緊搖了搖她的肩。

「倪姊，下班了。」沒比倪樂年輕幾歲、卻老是稱她倪姊的組員一臉擔憂地看她，見悠悠轉醒的倪樂雙眼滿是血絲，她立刻以手背貼上對方的額頭。「天啊，妳體溫好高！」

「嗯……沒事。」

倪樂奮力挺直腰桿，不由得揉了揉感到腫脹的眼。

「我送妳去醫院吧！」

「沒事，沒事。」倪樂咧開笑容，輕拍她的手。

「不是、這完全不是沒事的程度，我馬上……」

然而倪樂沒等她說完就抓著桌上的手機起身，她拍拍組員的肩，給了一個溫和的微笑，組員跟了她超過半年，立刻理解那是要她別堅持的軟釘子，於是她只好閉上嘴，乖巧地向倪樂揮手道別。

倪樂走出辦公大樓，睡迷糊的她一心只想回家再吃顆退燒藥，她並不認為這是多大的事，過去她也因為過度勞累而經常發燒，總是回家吞幾次藥、睡一覺就會好。

回家。

回家。

然而當她回過神，她已經站在奧杰的家門口。

奇怪，她怎麼會來這裡？

她蹙著眉頭擠著腦袋回想。

啊，是了，她白天出門時只帶了一支手機，皮包、鑰匙全沒帶，況且她要……要做什麼來著？

回家？

啊，對啊。

回家。

她想起奧杰百年如一的痞笑，真好，那是她的家啊。那張笑臉在的地方。

倪樂頭暈目眩地咯咯笑起來。她好累，今天她也很努力。

她緩緩地坐到那扇老舊的銀白鐵門前，抬頭，沉重的眼皮下，一雙朦朧的眼眸審視起奧杰的家門。這是奧杰半年前，從那幢帶有紅色大門的老家搬出後住的第一間公寓，中古屋，位在精華地段的老公寓二樓邊間。那時倪樂有很強的自覺，知道自己與奧杰之間的情誼萬萬不可影響到她與方立洋的戀情，於是當奧杰邀請她來慶祝喬遷時，她想也沒想就拒絕了，之後她偷偷地照著奧杰給的地址過來瞧瞧，偶爾會在下班時間看見奧杰進門的模樣，她知道這種行為不好，但她還是忍不住躲在走廊轉角的陰暗處，暗地替他感到高興。

她是真心慶幸的，她知道那幢紅色大門的透天屋房，都帶給了奧杰什麼樣凜冽的童年。在紅色的大門裡，奧杰的父親是如何在酒後對奧杰打罵，那些在樓梯間的巴掌、客廳裡砸碎的玻璃酒瓶，以及天亮以後，恢復理智的父親在小小的奧杰的房間裡，對著兒子一次次說出的對不起，與開水般日常謊言的「下次不會再這樣」。那些無色無味的記憶，緊緊纏繞在那一幢彷彿被詛咒的屋房。搬到這裡，無疑是奧杰對自己鬆綁的一大進步。

這會兒發著高燒的倪樂瞇起眼睛，坐在冰涼的地磚上如是想著，不由得仰著腦袋抿出了大大的微笑。

真好啊，發生在奧杰身上的，是好的。真是太好了。

她微微睜開了眼，突然反觀起自己。她突然覺得，這兩年來的生活好像快要把她消耗掉了，她整個人，都要不見了。

倪樂斂下臉上的笑，低頭看著些微反光的地磚。暈眩之間，倪樂看見廊道的兩盞燈光打在地磚上，彷彿形成一隻眼睛發光的貓頭鷹的臉，她恍恍惚惚地想著，貓頭鷹是不是很聰明的生物呢？是不是像她眼中的方立洋，什麼都知道，該怎麼做、怎麼說，一切的一切都在掌控之中，而在貓頭鷹面前，是不是只要懂得臣服就可以了呢？

她想起上星期方立洋是如何將一段她認為是精華的提案報告移除，並且輕描淡寫地道出一句：「寫這不適合。去掉。」

那可是整份報告的亮點！

那一刻，站在方立洋辦公室裡的倪樂有無數的話梗在咽喉，她想反擊，這叫跳脫框架，這叫創新，去掉了那這份提案的賣點在哪裡？

「可是如果加上自動跳轉功能⋯⋯」

「倪樂。我說了，去掉。」方立洋打斷她未完的話，坐在辦公椅上將紙本提案遞還給她。「太多餘了。」

一瞬間，倪樂不服氣起來。

「方總，追加這個功能完全不難，舉手之勞而已，這對客戶的經營成效有多大幫助你不是不知道……」

「倪樂，好了。」

「不是、你仔細想想……」

「倪樂！」

方立洋突然的加大音量讓倪樂傻住了一秒，在職場上，她太多次被方立洋阻止發言，這讓她在那一刻感到連本帶利的卑微，於是物極必反地脫口：「你當初把我挖角過來為了什麼？難道不是認為我是即戰力、要讓我施展拳腳嗎？為什麼現在連聽我說完一句話都沒辦法？」

方立洋聽著嘆了口氣，困擾地揉了揉自己高挺的鼻樑。

「因為我知道妳想說什麼。倪樂，我們做事不需要把時間耗在沒有意義的商討上。成熟一點。」方立洋雙手交握，神情嚴肅地望著倪樂。

在只有他們兩人的辦公室裡，氣氛降到了冰點。

受影響的，卻似乎只有倪樂一個人。

倪樂斂下目光。他是她的上司，她的堅持只會變作不夠成熟的頂撞。他是她的上司，她不知道從什麼時候開始，她的能幹在他眼裡已經變得不足夠。他是她的上司，她終究應該虛心受教。

所以錯在她。

倪樂欠身。

「抱歉說了些沒有意義的商討，提案我會修改後再給您過目。」

直起腰桿的時候，她抿出微笑，即使臉頰已經羞愧到像兩團火焰。走出辦公室時，她只覺得自己像是個剛被導師責備的小學生。她的自信早已被一次次磨成粉末。

事後證明，方立洋確實是對的。委託方預算有限，不喜花稍，不搞炫技。倪樂做到的是先迎合市場，不是先迎合客戶。

這讓她五味雜陳。

她只是免不了很偶爾、很偶爾地想，倘若客戶願意嘗試，她的主意是否能為客戶帶來更多商機？她做的也許不是客戶需要的，可也許客戶只是還不知道那是他們要的呢？

「我們不能替客戶決定他們要什麼。他們要求什麼，我們就給，額外的自作主張都是拿石頭砸腳。結果好是應該的，結果不好就變成我們的責任。他們沒有提出的需求，我們不需要給。他們不會想要的。」

方立洋對她的諄諄教誨言猶在耳。面對這一切，她似乎也只能點點頭，說聲我知道了。

關於想要，和需要。

為何總是那麼難呢？

她是不是終究只要聽話就可以了。那樣好像簡單許多。畢竟像方立洋這樣如貓頭鷹般睿智的人，一字一句，都那麼值得遵從。

倪樂闔上雙眼，又疲憊地撐開視線，目光無主地望著老公寓積灰的地磚。發燒讓她暈頭轉向，腦子不聽使喚。

她胡亂地想，如果這個城市就像一座森林，那些把貓頭鷹當作世間準則的角色，可能有著一對單純的眼睛，小小的鼻子，還有一身柔軟的毛。她希望她總有一天能心甘情願地成為那樣的角色，卻也有些害怕。

倪樂昏沉沉地一面暗忖，手指一面在積塵的地面摩擦，勾勒，畫出了一隻歪七扭八的田鼠。

貓頭鷹說
說話前要深思熟慮　所以要把舌頭修剪成得體的形狀
田鼠點點頭
田鼠知道自己總是不小心　惹牠生氣

田鼠說
我知道了　你不要生氣　我那麼愛你
於是田鼠　開始在每一次開口前
都把舌頭修剪一點點　一點點
舌頭越剪越小
到了最後
田鼠只能點點頭　點點頭
再也不會說話了

倪樂想到田鼠可能會有的表情，和可能積攢的委屈，不由得感到悲傷。可是田鼠可能也忘記了怎麼說話，那麼會不會說話，又有什麼差別呢？

——我知道了。

她想起她被一再指教的時候，她說著我知道了的語氣，像是沒有說話一樣。思索著這一切時，倪樂發燒的腦袋已經不堪負荷，終於還是無法運轉了。她的身體一陣軟綿，讓她意識黏稠地闔上了眼。

她下意識側著身子，靠上銀白生鏽的鐵門，沉沉地昏睡過去。

當奧杰回家看見門口有個面無血色的女人坐在灰白燈光下時，他先是一愣，排山倒海的冷汗隨之而來。
「倪樂？」奧杰被眼前景象嚇得臉刷白，瞬間蹲到她面前探測她的鼻息。
活著！
他鬆下一口氣，又立刻摸了摸她的臉。
好燙！
他第一時間理解了狀況，從前倪樂還是學生時，就常被實習公司操得發燒，他可沒少幫對方送退燒藥。
奧杰二話不說趕緊開了家門，那急迫開鎖的聲響吵醒了倪樂，她抬頭，迷迷糊糊看見面色焦急的奧杰。
「奧杰……」
奧杰聽見她微弱的呼喚，立刻又蹲回她面前。她緩緩地坐直身子，上半身因腦子暈眩而搖搖晃晃，她聞見奧杰身上的氣味，感到安心地笑了。她說：「你回來啦。」
你回來啦。
四個字讓奧杰一瞬間感到躁熱。
他回來了，而有人在等。
奧杰心口一緊，竟有些鼻酸。

「嗯，回來了。」

他想傾身抱上她纖瘦的身子，然而雙手伸在半空，又收回了。她並不是單身，這樣簡單的舉止都有可能讓她被扣上不專的罪名。

正當奧杰顧忌著這些細枝末節，腦子都快燒沒了的倪樂卻已經毫不過腦地伸出一隻手、反射性地梳整垂落在奧杰額際的瀏海，她絮叨著「頭髮好亂啊」，一面用手指在他髮間耙呀耙的，她滿腦子暈呼呼地，手指由前往後越梳越用力，當奧杰感到不妙時已經來不及，一段頭髮打結害奧杰被拉得整張臉往後仰；好不容易梳開了，就聽見倪樂正經八百地叫了一句：「你看！」

那明顯怪罪的語氣讓奧杰不禁笑了出來。「看？看什麼看啊，妳有什麼毛病啊。」

奧杰皺眉笑著，搓了搓自己被扯痛的頭皮，倪樂竟板起了臉，煞有其事地告訴他：「做業務最重要的就是門面，你這麼蓬頭垢面是不行的。」

蓬頭垢面？

奧杰低頭看了看自己，黑色西裝燙得筆挺合身，用髮蠟整理過的俐落短髮在倪樂亂梳以前可是相當有型，更別提配上那張俊朗的面容，相比倪樂這副慘烈的模樣，怎麼說都是好太多了。

奧杰簡直笑得不能自已，這樣的反應讓倪樂一下子懵了。

世界上還真有這種不受教的人啊。

她想起曾經她也因他的論點，而驚訝世上還有這麼個外星人。那時他說著交往和結婚是兩回事，為什麼大家都要理所當然的把它想在一塊。當時還無法理解的這樣看似不負責任的論調，這一刻她竟稍微能夠明白了。

她並不想嫁給方立洋。

她想回的，不是那一個家。

倪樂注視著眼前笑開眉眼的奧杰，不自覺就揚起了嘴角。

她想回到這裡。

這個人面前。

那彷彿被感染而揚起的倪樂的笑靨，奧杰注意到了。他緩下笑意，彎著食指與中指夾了下她小巧的鼻尖。突如其來的舉止，讓倪樂立刻想起這是他過往考驗她集中精神時會有的遊戲，無論在學測前、面試前，他都會以此測驗她是否能避開他突然的夾擊。

於是當奧杰第二次進攻時，倪樂往左側避開，卻哐的一聲撞上了鐵門。奧杰嚇得揉上她的腦袋，她倒是大笑起來。

她好笨啊。她無法克制自己地笑起自己。

那是一張相當愉快的笑臉，伴隨她放肆的笑聲。近距離下，他看見倪樂彎起的雙眼裡含著光點，像是星子碎在眼睛裡。那奪目的眼神讓奧杰知道，這才是倪樂真心實意快樂時會有的光彩。

奧杰微笑起來。

心情輕飄的倪樂沒在乎奧杰此刻的溫情目光，自顧著把奧杰的手撥開，笑著指向奧杰的家門：「對了，這裡，真破舊啊。」

奧杰一怔，旋即目光轉瞪，正想說些什麼時，又聽見倪樂笑道：「但是真好啊，門很結實。」

奧杰覺得完蛋了，這腦子差不多燒壞了。他意識到嚴重性，一臉凝重地趕緊將她打橫抱起，跑進公寓將她放上自家的小單人床。

後來奧杰給倪樂吃了點麵包墊胃，就塞了顆退燒藥給她配水嚥下。食物加水剛下肚沒多久，他也不敢讓她躺，怕全給吐出來，他只得讓她靠著床頭板坐好，把厚厚的白色棉被蓋上她的腿。

倪樂拍拍身上的被子，經過方才的進食與用藥，她的精神已經好了大半，邏輯也明顯變得清晰。她眨著明亮的雙眼問：「為什麼現在就給我蓋成這樣？現在應該是坐在沙發上看韓劇的時間。」

「並不是。現在已經九點半了。」

「這就是人類平均用來看電視的時間。」

「妳這病人在說什麼，我沒把妳送去醫院就不錯了。」

「別！我不要去醫院！」

「知道，知道。」奧杰無奈地站在床邊點頭，輕拍她的臉。「妳對醫院的陰影什麼時候才會好一點？妳總不能這輩子都避免去醫院吧。」

「當然可以。」

「以後妳生孩子總要去的。」

「我從來沒打算生。」

奧杰聽著停頓住，有些詫異。「妳和妳男友討論過了？」

「沒有，但這件事我已經決定了。」

「什麼啊，這畢竟攸關兩人成家後的問題，總要雙方有共識比較好吧。」

「……」

「妳沒想和他成家？」

「我要睡了。」倪樂忽地將棉被拉過頭，滑下身體平躺。

「起來，妳這樣剛吃的藥會衝上喉嚨，坐起來。」

奧杰那副老媽子的語氣讓倪樂在棉被裡皺起鼻，悻悻然地又坐回原位。

奧杰把蓋在她頭上的棉被拉下，只見她頂著一頭蓬亂的長髮，低頭瞪著自己捏成拳頭放在腿上的雙手。

「倪樂，妳沒想和他走到最後嗎？我以為妳的原則……」

「我知道我的原則是什麼，不用你提醒。」倪樂賭氣似地咬住下唇。

奧杰立刻坐上床沿湊近她的臉。「讓我搞清楚，妳現在是在和他交往但是沒打算嫁他，然後妳生病還跑來找我……以妳的準則來看，這不是相當渣女的行為嗎？」

倪樂聽得一下子瞪大眼，對上他的視線。

「渣女？」她不敢置信地提高音調，隨而驚覺，糟了！

她瞠圓了眼，環顧四周。

非男友的房間。

非男友且曾經上過床的人。

非男友的床。

有男友的女人坐在非男友的床。

渣！太渣了！

然後她就像每一次酒醒，面對自己失常又失態後所鑄下的一切後果般，雙手捂上了臉。

然後又像每一次捂臉之後，快速平靜。

放下雙手時，倪樂冷靜地看著奧杰。

「我承認，今天是我的失誤。」她用著職場上的語氣坦白從寬。「我發燒了腦袋不清楚，本來要回家的，結果搞錯了，到了你家。接著我太累、太不舒服了，倒在你家門口睡著了。我不是故意跑來找你，我只是錯把你家當成我家。」

「錯把我家、當成妳家？」奧杰蹙眉歪頭。「妳還好嗎這位小姐？我家的級別跟妳家那豪宅有很難分辨嗎？」

「囉嗦，我就發燒！我就不好啊！」倪樂惱羞成怒地大聲起來，被子一掀就下了床。「我身上沒帶錢包鑰匙，回不了我住的地方，現在鎖匠店也都打烊了，手機也沒電，方立洋明天才會從外地回來，所以，借我錢。」

倪樂伸出一隻手，攤在奧杰面前。

坐在床邊的奧杰看著那隻手，嘆了口氣，望上她一派認真的臉。

「妳打算怎麼做？」

「搭計程車。」

「搭去哪？」

「公司。我可以睡公司。我本來回家就只是要拿退燒藥而已，那時一心想著要回家吃藥，沒意識到沒帶鑰匙的問題，我又餓，又累，又病，所以不要跟我討論我今晚的做事邏輯，我腦子都燒到要七分熟了，沒死在大街上就不錯了。」

奧杰看著說話時特別嚴肅的倪樂，知道這是她慌張時慣有的姿態，不由得笑了。他起身湊到她面前，歪著腦袋審視她緊繃的臉。

倪樂暗暗嚥了口唾沫，故作鎮定地與他對視，毫無閃躲。

奧杰見她這樣，僵持了幾秒終究是不忍心戳破，只好含著笑意又一次深深嘆息，轉身走到門口拿了串鑰匙，穿上掛在一旁的外套。

倪樂看著一怔。「等等，你要幹麼？」

奧杰踩進了皮鞋，束起鞋帶。

「我去睡附近旅館，早上來接妳。」他起身拉開大門，指著門鎖。「我出去後妳自己研究一下開鎖關鎖，有緊急狀況方便逃出去。」

「不是、可是……」

「啊，對了。」奧杰又折回來，在床頭櫃上翻開的記事本上寫下自己的手機號碼，再指了指記事本旁的家用電話和鬧鐘。「有事打給我，鬧鐘睡前調一下，早上先跟妳約七點，今天早點睡，明天睡過頭我直接進來把妳丟出去。」

說完，他從身上外套口袋拿出皮夾，抽了幾張鈔票放在床頭櫃上。

「收好，以防萬一。」

「不是啊，你借我這些錢就可以了，你留下，我出去馬上——」

「倪樂。」奧杰打斷她未完的話，一隻手掐上她的兩頰。「閉嘴，快睡。妳現在是病人，需要休息，不是跟我爭辯，或在那邊自以為是的逞強。」

「逞強？」倪樂揮開他的手，抿直了嘴。「我是真的精神已經好很多了！」

「那就好，明天見。」

奧杰絲毫不理會倪樂的抗議，逕直走了出去，一把帶上鐵門。

哐的一聲，倪樂看見門上的掛飾來回擺盪，不由得一愣。

「什麼……」

什麼狀況？

倪樂出神半晌，坐上床鋪。

她望著奧杰方才書寫的那本記事冊，伸手拿來端詳，上頭的字跡飛揚，她的手指輕輕摩挲，感受那些筆壓的力道。

其實他不需要寫的。

倪樂略略泛白的唇，渲上一抹拿自己沒轍的笑。

她怎麼可能不記得這些數字是如何組成能夠聯繫上他的號碼。

「該死。」

對於這種不利於不愛他的行為，她並不滿意。

倪樂悶悶不樂起來，開了小燈，關掉大燈後回到床上。

在睡前，她拿出她自己沒電的手機，放上床頭櫃。她找過充電線，可奧杰家裡的充電線型號與她的手機不符，救不了她。

她知道遠在外縣市的方立洋也許開始擔心了，也或許不會，誰曉得呢。
看著床頭櫃上的家用電話，她想要打給方立洋，至少報個平安。
可是她並不記得他的號碼。

Dare to unlove you

【第六章】老鼠與啄木鳥

"I have to protect you from the evil, even it includes me."

退燒後的清晨，倪樂準時起床，神清氣爽地徒步跟著來接她的奧杰到附近吃了頓傳統早餐，再拎著一杯多買的熱豆漿回到奧杰的住處。

「好了，我差不多要上班了。」奧杰換下昨晚的衣褲，重新換上一身乾淨的業務行頭，西裝，手錶，半筒襪與擦亮的黑皮鞋，接著一手抓下掛在門邊的車鑰匙。「先送妳回家。」

回家。

兩個字打在倪樂心上，讓她胸口一陣冰涼。

她很快整了整自己的表情，彎起美麗的唇線。「好。」

倪樂在奧杰車上整理自己，她把身上睡皺的套裝盡量拉得平整，就像這個散漫無憂的倪樂是一張皺成一團的紙，她盡量把自己拉整回方立洋塑造的倪樂。她是男友眼中的驕傲，她理智，她謹慎，並且知道自己在做什麼。

倪樂在副駕駛座上闔上雙眼。

三。

二。

一。

默數過後，她睜開眼，透過車窗看見車子已停進路邊車格。轉過頭，她與方立洋共居的住處已在對街。

「謝謝你，雖然都這麼熟了，但還是得說，抱歉給你添麻煩了。」

倪樂注視著奧杰，眼神誠懇，而奧杰只是斜目瞥著她，勾起一側脣尾。

「是啊，妳也知道。妳真是夠麻煩的。」

倪樂想瞪他，卻立刻垂下雙眼收住了瞪視。她不該是耍性子的她了，更何況發個燒就去投靠奧杰確實不恰當。她確實生方立洋的氣，氣他對她的壓榨，可因此神智不清就去到奧杰身邊，實在太糟糕了。

倪樂抬起眼，將方才多買的豆漿放進奧杰車上的杯架。

「拿去，喝了消消氣。」她知道那些太過複雜的事已無從辯解，索性不再思考，只用著狡黠卻帶著距離的理性眼神笑道：「大不了我欠你一次，別這麼小鼻子小眼睛的。」

奧杰聽得立刻彎著手指朝她的鼻梁夾了過去，她卻先一步退開。成功閃躲的倪樂露出沾沾自喜的表情，轉身下了車。

奧杰搖下車窗交代她：「記得打給附近鎖匠，等鎖匠的時間就乖乖待在你們社區大廳等，雖然退燒了，但妳體力不可能這麼快恢復，別亂跑。」

「知道。」倪樂點點頭，揮了揮手。「你快去上班，你差不多要遲到了。」

奧杰低應一聲，也沒再囉嗦，搖上車窗便行駛上路。

目送奧杰離開後，倪樂抬頭望上住處的窗臺，她看見方立洋環著雙手靠在窗邊，眼神冷漠地對上她仰望的視線。她並不驚訝，也不慌張，經過一個晚上，她猜想過無數個可能，方立洋不是坐以待斃的類型，於他而言，只要能用行動解決的問題從來不是問題，只要他還足夠看重她，連夜驅車趕回來查看也是再正常不過的反應。

原來他真的，還算在乎她。

倪樂迎上他看不出情緒的目光，轉身進了社區大廳，上了樓，按下電鈴。大門緩緩打開，門後的方立洋看上去冷峻，一開口就是質問。

「那是誰？奧杰？」

倪樂筆直望入他的雙眼。「對，是奧杰。」

「為什麼是他送妳回來？妳一晚上沒回來就跟他在一起？」方立洋說著不禁來了火氣。「而且妳手機為什麼不通！」

他吼了起來，倪樂下意識縮肩的反應讓他稍微回過神，他立刻意識到這會兒他們還站在門口，為了避免鄰居關注，他旋即收住怒火，將門敞得更大些。

他板著面容，以幾近命令的語氣說道：「進來說。」

倪樂垂下視線，側身進了門。

當方立洋闔上門站到她面前，她率先開了口：「手機沒電了，我找不到能用的充電線。」

「從頭說。」

方立洋眼神漠然地望著倪樂，等待一個好交代的姿態猶如在公司一貫的威嚴沉穩，可倪樂能感受到方立洋此刻面孔下的猙獰，不由得渾身緊繃。

她沉默了下，再開口，已是字字斟酌。

「我昨天急著趕去公司，忘了帶包，家裡鑰匙和錢包都在包裡。然後下班的時候、下班……」倪樂感到身體深處有個地方在發顫，可她不清楚那是心虛還是恐懼，她只能強迫自己鎮定地繼續說道：「下班的時候我很不舒服，頭暈，只想回家吃退燒藥，卻忘記自己沒帶包……」

完了。

倪樂知道，接下來的事情完全沒有道理。

她想回家，她回的，卻是奧杰的家。

倪樂的背脊開始滲出冷汗，她呼吸困難，眼前忽然出現貧血般的雜點。

方立洋一下子看出她的不適，皺眉扶上她的肩，這才發現她竟微微地在發抖。

「怎麼了？還在不舒服？」

倪樂望著彷彿在搖晃的地面，聽見方立洋終於說出一句關心她身體的話，居然不由得掉下眼淚。

方立洋發現倪樂哭了，連忙將她抱進懷裡，輕拍她的背。

「好了、好了，沒事了。」

他軟化的嗓音迴盪在她發痛的耳邊，早晨量體溫時，她知道自己已經退燒了，可是站在方立洋面前，她還是那麼不舒服，因為這一刻的她不是病了，而是排斥。

她很清楚。

她從來也不是糊塗的類型。

在生活，在工作上，方立洋於她而言都是她的壓力，他教導她時，一再讓她感到自己的不足，她是那麼害怕令他失望，漸漸變得自卑，漸漸變得不像原本的她。她被削得越來越小，被修改得越來越痛。昨晚她有那麼一瞬間，只希望壓力在她的生命裡全部消失，連同壓力的來源。

連同他。

想通這一切她遲遲不願想通的事時，倪樂難過地大哭起來。方立洋急了，低頭查看懷裡的倪樂，伸手不斷擦抹她臉上的淚，又隻手蓋上她的額際探測體溫。

「還在燒嗎？」方立洋感受了一下手掌心的溫度，並不覺得太高，於是疑惑地蹙眉注視著倪樂。「妳怎麼了？」

「對不起。」

「什麼？為什麼道歉？」

「我不知道。」倪樂哽咽起來，淚水不住滑下。「我不知道……」

她不知道她為什麼要道歉。

也不知道為什麼不道歉。

「我不知道為什麼、明明昨晚我是想回家的，可是回過神，我已經到他家門口了。」倪樂的頭好暈，說話變得黏糊糊的。「我不知道為什麼我想不起來你的電話號碼，我光想到要面對你，我就好累，我就好不想回來。」

對不起。

「對不起，我不知道這些該不該跟你說，可是我已經沒辦法思考了。我好像做錯了，可是我也不知道怎麼做才是對的。你總是跟我說我哪裡做得不夠好，報表哪裡還要改，對人的態度要怎樣才得體，我用的都是你的方法，我已經想不起來我會怎麼想了，如果是我，我會怎麼做呢。」

我不知道啊。

「我不知道啊，立洋。」倪樂終於站不住，暈眩地抓上方立洋的衣料，卻因雙手使不上力，跌了下去。

方立洋訝異地跟著蹲下，雙手只來得及護住倪樂的腰腹。

臀部撞痛的倪樂疼得咬牙。望著她這副模樣，方立洋終於還是於心不忍，決定不再追問這件事，只緩緩將倪樂扶起身，坐上沙發。

半晌，倪樂仍無法停下眼淚，可抽噎之間，可以看出她已明顯壓抑住急速的呼吸，漸趨平靜。

「雖然昨晚我確實住在奧杰家，可是為了避嫌，奧杰自己去住了附近旅館，我們沒有一起過夜。」倪樂望向方立洋，被淚水浸溼的圓滾眸子透亮清澈。「無論你信不信，奧杰真的只是等到清晨再回去把我載過來這裡。」

方立洋瞅著她的雙眼，依他對她的瞭解，他曉得她這副姿態說明了她並沒有隱瞞，可他在意的重點，或許並不是他們有沒有一起過夜。

——昨晚我是想回家的，可是回過神，我已經到他家門口了。

方立洋想起倪樂說這句話的神情，不由得心酸。

於是，當他替她倒來一杯溫開水，看著她低頭啜飲的時候，他只是在想一個、他終究不想聽到答案的問題。

*

那一天開始。

倪樂隱約察覺，她傷害他了。

倪樂在一次休假日，隻身待在同居的屋子裡。方立洋接了公司的電話出門了，他出門前說的是趕赴臨時會議或是處理融資，她沒有記住，她對他完全信任到一種沒有所謂的地步。

她並不在乎他的去向，就像她並不在乎他是否回來。

倪樂對自己的態度感到恐慌。

她握著熱飲，蜷縮在客廳沙發上。窗外鵝黃的午後日光被窗簾篩過，淡淡照亮屋內精緻的裝潢。大尺寸的電視裡播放著她曾經與方立洋一起熬夜看過的電影。她仔細審視周身的一切，挑高天花板，古典壁紙，高單價的米白地磚，胡桃木矮桌與齊全的柚木家具。品味高雅的一切都與那個熬夜的夜晚相同，可是從什麼時候開始，方立洋連一個晚上也抽不出時間再摟著她、一起深陷在沙發裡呢？

她的衣櫃裡塞滿方立洋為她置辦的名牌洋裝，鞋櫃裡有齊全的最新鞋款。與他出席每個場合時，她都能收到羨慕的眼光。在共同朋友的聚會上，他會牽著她的手，與人暢談生活與工作，而她會注視著他們交握的手微笑，她知道讓人羨慕的不是她身上的名牌洋裝，而是這個平凡無奇的動作。只是又從什麼時候開始，一場場的聚會，他連帶都沒帶著她了？

是她太常加班了嗎？

倪樂蹙起眉間。

她知道他和她之間一定有個什麼環節出錯了。可她找不到可以怪罪的人。

她的冰箱裡有冷凍肋眼，厚切菲力，酒櫃裡放著一支支陳年香醇的紅酒，櫥櫃擺著義大利松露醬與各式辛香料。多好。可她知道更好的是從前方立洋還記得她的生日，與她一起下廚，共享夜晚。下一年，她開始想不明白，對於每天需要看日程表的人，為什麼工作繁忙會與忘記她的生日有關？

他能指正她工作上的表現，她卻在指正他作為男友的表現時，因為他的一個蹙眉、一句「我真的很忙，能不能體諒我一下」而立刻閉嘴。

原來又是她的問題嗎？是她太小孩子氣了。她為什麼總感到自卑與自責呢？這是正常的嗎？太多題目了，她全都想不明白。

她在他面前，為什麼越來越不像倪樂了呢？

為什麼笑容，越來越少呢？

啊。

她一定是越來越貪了，才會感到不滿。

才會捨得傷害他。

倪樂垂下眼睫。

她好害怕成為她的養父母那樣的情侶。到了最後連誰先錯的，都弄不清楚。

她已經不知道該怪罪誰了，她只是好想念一開始的倪樂和方立洋。至少在那裡的她，就連怎麼傷害他，都一無所知。

倪樂闔眼，吁出一口綿長的氣。

電視上的電影提醒著她過去與現在的差距，與她小氣巴拉的埋怨。她拾起桌上的遙控器轉了臺，半晌，在看見知識性談話節目時，停下了。

節目來賓與主持人討論起了——25號宇宙。

「什麼是25號宇宙？」

「25號宇宙俗稱鼠城實驗，是美國生物學家在一九六八年開始進行的一項老鼠烏托邦研究。」

「哦？可以和觀眾說說這項實驗嗎？他們的實驗目的是？」

「他們主要是要推測人類社會裡的行為沉淪現象。」

「行為沉淪？」

「是的。學家為八隻老鼠建造了一個無憂無慮的天堂，在那座人為的鼠城裡，老鼠永遠有吃不完的食物，溫度適宜，也不需要擔心疾病和掠食者，可幾年後，25號宇宙裡的老鼠開始一一死亡。」

「怎麼回事？」

「老鼠起初毫無顧忌的繁殖，但是到了後來，牠們群體冷漠，攻擊同類，有些年幼的老鼠甚至開始殘殺、吃食彼此。」

「太可怕了！這是什麼現象？」

「有人說，這就是沉淪現象的開端。盒子裡的老鼠再也提不起親密的慾望，牠們獨自躲藏，沉淪在自己的世界，最後，牠們的社會在五年內，徹底崩潰。」

倪樂聽著電視上一來一往的談論，不由得往沙發裡蜷縮得更深，她細細思索著，在25號宇宙裡，假如有一隻，哪怕只有一隻老鼠倖存，假如牠真的可以脫離學者建造的美好牢籠，逃到一個終歸接納牠的本性的地方，遇見一個終歸願意理解牠的對象，牠會不會痊癒呢？

倪樂猜想著，手指在漸漸變冷的杯身繞繞劃劃。她在白瓷杯緣抹了抹，沾上水氣的手指，在微涼的空氣中畫出一隻只有她看得出來的小鼠。她想，那個願意嘗試去理解牠的角色，應該是個醫生，畢竟牠的心，病得那麼重了。

她望向窗外，看見樹木隨風搖擺。樹木的醫生是啄木鳥吧，啄木鳥能把樹上的蟲子啄出來，應該也能把小鼠心裡的鬼，啄出來。

倪樂牽起嘴角，哼著小曲，又在空氣裡畫出一隻嘴巴尖長的啄木鳥。

沼澤深處　有一隻從人類世界逃回森林的老鼠經歷多次問診

啄木鳥醫生的診斷　開始在森林裡傳開

人類把牠們的同伴嚇啞了　可憐的老鼠
當啄木鳥醫生想要收留牠的時候　牠匆忙地逃走
再也沒有回到啄木鳥醫生的樹上
後來　老鼠寫了一封信
親愛的啄木鳥醫生
信上寫道
人類沒有虐待我
在那個　方正的盒子裡我和其他老鼠生活在一起
人類給足了食物　與我們所有需要　和想要的事物
我們在那裡沒有煩惱　沒有痛苦　沒有需要抱怨的　也就
沒有需要追求的
在那裡　大家幸福得毫無怨言
可是啊　醫生有一天
大家開始互相蠶食　即使食物從來沒有短缺
然後我發現　我也張開了一口利牙
磨尖了爪子我嚇得立刻逃離那只盒子　磕磕絆絆地回到　這座森林
我很害怕

縱使回到了森林　住進了最深
最深的沼澤裡
我還是那麼地那麼地害怕
你知道嗎　醫生
比起被傷害　我更害怕的
是傷害了我從來不想傷害的啊

倪樂希望她的醫生也在她面前，告訴她，不要害怕。可是她想，她可能哪一天也會無可避免地傷害她的醫生。如果她身體裡的鬼，沒辦法被啄出來的話。

倪樂闔上眼。

相對地，她知道自己對於方立洋，就如同那隻小鼠對於給了牠無盡食宿的學者，她有數不盡的理由感謝他。他培訓她，教導她，她曉得他愛她，只是用的是他的方法。

可能她終究要的不是他的方法。

可能她當真就像電視劇裡的壞人，以為能用這一份愛來覆蓋那一份愛，可當這一份愛有所改變，像是實驗室裡的學者因為研究而少給了幾粒米，不知足的小鼠就咬了學者一口，下意識地想要從他身邊逃開。

即便她從來就不想傷害他。

自那天後，她和方立洋就再也沒提過那天她留宿奧杰家的事。一晃眼，就過了一週。

倪樂心情沉甸甸地將杯子放上桌，側身臥倒在沙發上，就在她試圖陷在沙發裡、用一場午覺來逃避時，她的手機響了，響的是她特別為方立洋設置的鈴聲。

她蹙了下眉。

真是怕什麼來什麼。

鈴聲持續著，很顯然沒有讓她閃避的意思。

「好煩。」

倪樂皺起鼻子忍不住咕噥一聲，終於還是伸長手，抓來了前方矮桌上的手機。

「倪樂。」接起後，話筒那一端傳來方立洋低沉的喚聲，他難得語氣遲疑。

「我可能……需要妳來一趟公司，有個案子要妳幫忙審，半小時後請負責的專案人員簡報給妳聽。」

「這麼急？一定要今天？」

「對，這案子今天要送，比較趕。」

倪樂握著手機。不行啦今天是我休假耶，以及，好的我現在馬上過去，兩種回答在她的腦子裡快速過了一遍。

「好的，我現在馬上過去。」

可惡。

她打了一下嘴，兩年來的訓練讓她的嘴跑得比腦還快，對工作的請託老是稀里糊塗就答應了，她已經完全喪失身為女友的撒嬌意識。

「好。」電話那頭傳來方立洋的鼻息，與在公司使用的平板語氣：「過來的時候路上小心。」

「嗯。」

於是倪樂欲哭無淚地掛上電話，著裝趕往公司。轉了幾次交通工具，她看了眼手錶，會議就要開始了，於是她連電梯都不等，一路小跑著上了樓梯，當她氣喘吁吁地到了辦公樓層，簡直口乾舌燥到想先鑽進茶水間喝口水。

「是真的，我聽樓下警衛說的。」

在她推開公司玻璃門的那一刻，幾乎是同一秒，她聽見了茶水間傳來這樣的女性話聲，她立刻認出那是另一位專案經理的嗓音，不知怎地她直覺不對，立刻躲入茶水間旁的走道。

「太誇張了，男朋友出差就可以找男人來接送嗎？」

「就是啊，方總對她那麼好。要不是方總處處罩她，她那種能力能升這麼快嗎？」

「應該說她一開始就是空降。妳是後來才從分公司調過來的所以不知道，她能進我們公司，就是因為她釣到方總，一進來就坐穩經理職。」

「不會吧！」

倪樂握著自己的保溫瓶，在狹窄的走道上聽得禁不住嗤笑。茶水間兩位女同事看是不知她臨時回來加班，才敢這般大肆地公然評論她。

倪樂聽懂情況後，戴上微笑走向茶水間，正好與從裡頭走出的兩人擦身。

「而且她前陣子——」

其中一位在看見倪樂時瞬間抿住嘴，刷白了臉。另一位察覺異狀看去，也同樣瞪大雙眼。

倪樂向她們問了好，被說背後話的憤怒讓她面上的笑意異常濃厚——濃厚得可怕。

兩位同事立刻繃了臉。

「倪、倪樂？」其中一位職位較高的女經理停頓了下，吊高嘴角。「今天、不是休假嗎？」

而另一位束著馬尾的女孩則是躲到了女經理後方，低著臉，不敢與倪樂對上目光。

倪樂生平最恨這樣敢說不敢當的人，見她畏畏縮縮的，不由得燒起了騰騰怒火。

「怎麼啦，洛洛，不和我打招呼嗎？」倪樂湊近了躲在女經理背後的女孩，伸手輕輕揚高了她的下頷，硬是與她對視。

名叫洛洛的馬尾女孩渾身一顫，她原本被分配到倪樂底下做事，技術層面底子好，可個性散漫，曾經因怠忽職守、便宜行事，導致客戶資料出了隱私漏洞，當時被倪樂在季管考會議上當眾教育了一番，那血淋淋的嚴厲語氣，至今都讓她感覺像被抓上斷頭臺。

倪樂看著眼前瑟縮的洛洛，不由得笑出聲音。

「不說話？剛才不是很會說嗎？」

倪樂問著，見洛洛調開了視線，加重力道捏上她的臉，那動作像是開玩笑的小打小鬧，可只有洛洛知道，她是認真的。

她生氣了。

「對、對不起，我不是故意——」

「不是故意？」

「好了、好了，倪樂，沒事。」女經理雙手握上倪樂的肩膀，順勢隔開了一觸即發的場面。

女經理將洛洛護在身後的畫面讓倪樂更加惱火，她這輩子還沒遇過誰在職場上肯這樣幫她擋子彈，憑什麼一個做事漏洞百出的人能有這樣的盾牌？

倪樂眼神冰冷地與女經理四目相接，嘴邊泛上一層冰霜般的笑意。

「沒事？」她斜睨一眼再次躲到女經理身後的洛洛，又望回女經理緊繃的神情。「是呀，妳們當然沒事，妳們只需要張開嘴巴，說說別人的閒話當作朋友間的小祕密，兜起一個沒有營養的小圈圈就好，反正受傷的也不會是妳們。」

「妳們只要在每句話前面加個『聽說』，就能推卸所有責任，真不錯啊、這個公式。說穿了，我還犧牲自己成全妳們的團隊精神呢，讓妳們背地裡能在小圈圈裡面取暖呀、壯大呀、團結呀，做錯事了還能互相躲在背後一臉無辜，多好呀。」

「多好呀，洛洛。」倪樂歪過頭，對著洛洛笑得燦爛。「當初妳從我團隊離開，對妳來說真是最好的了。像妳這樣的人，我只會把妳的失誤一個一個抓出來指責，現在呢，有一個能夠護著妳的上司，真羨慕妳啊。不過妳這輩子大概也就這樣了吧，真可愛。」

洛洛被刺中痛點般忽然從女經理背後探出身來，滿面悲憤地似乎想反駁些什麼，卻欲言又止，一句話也說不上來。

倪樂見她這副磨磨嘰嘰的模樣，禁不住笑了。

「怎麼了？繼續躲在別人背後發抖呀。」倪樂伸手摸了摸洛洛的腦袋，彎身靠近她的臉，降低了音量：「洛洛，妳太可愛了，不要長大喔，不然妳生存不了的。」

「倪樂，別說了。」女經理近距離聽見倪樂的刻薄，又一次把洛洛護住，對倪樂轉為瞪視。

倪樂提高了眉梢微笑，如她的願退後了一步。

「我說啊，同為經理，我尊重妳帶人的方法，可他們有時需要的是引導，不是狐朋狗友。為了公司好，請盡量不要帶壞他們，好嗎？」

「妳說什……」

女經理一度氣結，但看見倪樂壓根沒要聽她說話，甚至已經轉身進茶水間兀自盛起了水。她咬了咬下唇，索性站在茶水間門外放聲說道：「妳的建議我謹記在心，倪樂！我也建議妳私生活單純點，免得其他人有樣學樣！」

那說話的調調頗有昭告天下的意思，音量大到辦公空間裡其他員工都起了側目。話說完，女經理拉著洛洛快步離開現場。倪樂在茶水間裡聽著不禁泛起微笑，喝著水時，她曉得，公司裡這樣的閒言碎語，方立洋不可能少聽，她的男友確實如同她信任他一樣，信任著她。

在工作與生活細枝末節的摩擦下，她慶幸他們之間還有著這樣的東西。

她垂下眼睫，旋上瓶蓋就往公司最裡的會議室走去。

那是個鞋廠的委託案，公司需要在今晚向委案方提出足夠吸引人的後臺介面優化提案，當倪樂審核完文件，質疑簡報團隊提出的成本過高，將損及自家公司利益時，她看見在座的方立洋對她投以讚許的眼神。理應是該感到驕傲的時刻，她卻不由得想著，這當中是否真如那些閒話所說，混雜著他對她的感情，以致這些讚許與肯定，多少帶有些許偏頗？

——要不是方總處處罩她，她那種能力能升這麼快嗎。

她們的背後話在倪樂腦子裡不斷繞跑。倪樂並不懷疑自己的能耐，她對於自己對ＩＴ產業的專業認知與敬業態度相當滿意，可她也明白，她該學的永遠不會少。

她是自願，且甘願為方立洋拚命的。

可她的價值真的足夠嗎？

於是她帶著些許黏稠的心情撐過了會議，散會時，她定睛一看，才驚覺提案書上的鞋廠正是奧杰任職的公司。

對待工作，這樣的慢半拍完全不是她的風格，她意識到自己嚴重失常了。

方立洋也看出她突然的不在狀態，於是上前輕拍她的手背。

「怎麼了？」

男友溫和的問聲湊在她耳邊，她轉頭對上對方顏色略淺的細長雙眼。

倪樂搖了搖頭，扯出微笑。「沒什麼，只是剛剛才發現這次的委案方剛好是奧杰的公司。」

方立洋頷首，那副反應讓倪樂立刻知道，方立洋是知情的。

「你早就知道，怎麼不早告訴我？」她其實也明白像這樣的委案，老闆完全不需要向她知會，但她不知怎地就問了出口。

她竟反射性的覺得這之中有些什麼，是她被瞞住的。

方立洋果真因此沉默了半晌，待會議室內只剩下他倆，他才緩緩將門帶上，拉了椅子坐下。

他向後靠上椅背，揚高下頷的姿態滿是上司氣息。倪樂站在他面前，忽然就感到羞愧。自己這是在質疑他嗎？總是如此信任男友兼老闆的倪樂，事關奧杰，就有所不同了，是嗎？

她意識到自己大意了，況且於情於理，她一介下屬也不該提這麼沒有情商的問句。她沒有任何藉口能夠脫罪。

方立洋冷靜的眼神在她臉上來回梭巡，審視她焦慮向下望的眼，緊繃抿緊的嘴，僵硬的頰以及，不由自主蹙起的眉間。

她的不自在，於他而言是那麼悲傷，他卻總是不知道要如何才能找到他們之間的平衡。他要怎麼做，她才不會如此怕他？

方立洋隻手靠著椅把，支著頷邊。「我也是直到昨天看到奧杰出席會議才知道的，之前對方派來洽談的人不是他，昨天業主臨時改派他來談最後的需求細節。所以早就知道的人應該是他。我今天找妳來參加會議，無非就是看看妳的反應，看來他沒有提早告訴妳，這代表他還算不錯，沒打什麼靠關係撈好處的主意。反觀妳，妳為什麼需要提早知道？」

「我、我只是……等等，你是在懷疑我嗎？」

「妳有什麼好不讓我懷疑的？」

方立洋難得心直口快，此話一出，他們雙雙愣住。

「什麼？」倪樂瞪大了眼，完全無法相信那是一貫成熟的方立洋會說出的話。

這麼非理性的反問，簡直是普世情侶被猜疑得情緒動搖時，才會有的尖酸語氣。

他們之間，有了猜疑嗎？

方立洋蹙緊了眉間，沉默了半晌，似在思索，似在評估。他上過無數次談判桌，知道無可避免的走火時，該怎麼扭轉場面變得相安無事，或怎麼利用衝突得償所願，可當他再次開口，他卻聽見自己無法克制地收不住。

「我怎麼知道妳是不是想提前知道這事，好暗地裡幫奧杰的公司爭取更多優惠？在我們公司和他們公司的利益之間，妳會站在我的角度看嗎？甚至撇開公司不說，在我和他之間，妳難道會無條件站在我這邊？」

太可笑了。

「太可笑了，我甚至從一開始就知道答案。」方立洋別過臉，放在椅子扶手上的右手不禁收緊。

打從第一次聽倪樂提起奧杰時，方立洋就知道這是怎麼一回事。倪樂聰明，卻沒太大經驗懂得藏掖感情，他看見她說起奧杰時眼睛是亮的，那一刻，他就知道大概了。

她打著什麼算盤，也在後來的日子裡漸趨明朗。

沒有人會如此刻意地避開「朋友」。

方立洋並不清楚她與奧杰發生過什麼，但他察覺倪樂想利用他來拉遠與奧杰的距離，於是一開始倪樂對他的赤誠接近，與後來倪樂用帶著愛的眼神對他無止盡的注視，這些過程與那些轉變，讓方立洋享受其中，像是實驗室裡披著白衣的研究者，他仔細看著盒子裡的倪樂。

在他打造的完美盒子裡，倪樂漸漸生長成他要的模樣。她知性幹練，理智而識大體，他一度期待她也享受其中，驕傲地變作他感到驕傲的妻子。

他要給她的求婚戒指，還藏在他們的床頭櫃，而在那昂貴的柚木櫃子裡，真正昂貴的，可能也不是那只鑽戒。

可能是他的愛，也可能是他的期待或其他的一點什麼。

他是那麼期待她能愛他，超越愛奧杰。可是他隱約明白，對倪樂而言，他的功能，並不是用來超越奧杰。

「我終究只是一個妳沒那麼愛的人，對嗎？」

「什麼？不是……不是這樣，太荒謬了，你怎麼會這樣想？」倪樂不由得慌張起來，上前湊近了一步。「我愛你啊，我和奧杰根本沒什麼！」

「夠了！」

方立洋激動地起身，逼視著被嚇得又後退一步的倪樂。他已經無法再維持他們之間表面的和平，他知道，事情來到了這一步，所有的真相，都必須昭然若揭。

「我知道妳在打什麼算盤。」方立洋嚴厲地掀了倪樂的底。「妳要找一個妳不那麼愛的，這樣妳的愛就會給得有限度，妳就會安全，一切都會在妳的掌控範圍。所以妳找上我，拿我當藉口，妳就能理所當然的限制自己，讓自己『必須』

遠離妳想接近的人。而那個人是誰，我想我們不用多做討論。」
倪樂被說的體無完膚，一張臉瞬間羞愧地燙起來。
看著她憋紅的雙頰，方立洋知道，他說對了。而這樣的證實，讓他幾乎崩潰。
「妳到底把我當什麼！」他的憤怒與嫉妒無邊無際的開始氾濫成災，他雙手使力地扣住倪樂的腦袋，逼她直視他憤恨的雙眼。他低沉的聲音帶著無法自控的怒火：「妳說妳愛我？這句話妳捫心自問過了嗎！這段時間妳除了利用我，妳還會什麼！」
利用？
倪樂聽著不禁眼眶發燙。她知道最一開始，她為了不愛奧杰而奮力地愛上方立洋，可是，利用？
只是利用？
倪樂第一次直面這樣的控訴，像一把鐮刀劃開她的理智。
「我為了趕上你的腳步，為了配得上你、幫得了你，花了多少時間加班你還不知道嗎？」倪樂漸漸升起慍怒。「是啊，是啊，我只是利用你，這兩年來我要死要活的聽話改進、全年無休的做到你認同的樣子，都只是為了利用你，這當中一點愛都沒有，你滿意了嗎！你自己聽聽看，不荒謬嗎！」

她仰著臉死死瞪著近在咫尺的方立洋，淚水卻在下一秒掉出眼眶。

「我知道那天我傷害你了，我很抱歉。可是我已經很努力了，方立洋。」倪樂壓抑著方才失控的情緒，渾身發顫。「我在你眼中怎樣都不夠好，我很努力的愛你，很努力的把自己改成你要的樣子……」

「妳只是在模糊焦點，倪樂。不要用這種技倆。」方立洋咬緊牙，眼神一片死寂。「提出對方的錯來模糊自己的。我教妳的談判技巧，我會不知道？」

倪樂瞪大眼。

「我真不敢相信！我在和你實話實說，誰在跟你耍技倆！」她氣紅了臉。

「這兩年你對我的教導都像是在否定原本的我，我為了愛你，耗盡力氣去演一個什麼都聽你話的伴侶，然後我就不是我了，你的伴侶早就不是我了！你的伴侶是一個你造出來的、我勉強演出來的人！不是我！」

「住口！」

方立洋吼了出聲，扣在她頭側的雙手一使勁，竟將她一把推了個踉蹌。倪樂向後跌坐在地上，地面鋪著地毯，並沒有摔痛。然而方立洋被自己嚴重出格的行為震撼了，怔怔站在原地。

「對不起、倪樂，我不是……」

「你不是故意的。」

倪樂替他說出這句話。

她的眼尾掉出晶瑩的水，嘴邊顫抖得泛出笑容，那抹奮力戴上的笑意，只剩無可奈何。「我知道。我們沒有人是故意的。」

我也不是故意的，方立洋。

「我也不是故意的。」她低下了臉，忽然泣不成聲。

倪樂終於明白了。

這一刻，那些難解的問題，她全都明白了。

方立洋並沒有說錯。

不需要誰來超越奧杰，她只是需要愛上一個人，變得安全。

可是啊。

可是她，真的好好愛過這一個人。

在那些相擁著談論未來的夜晚，與睜眼就能看見彼此的晨光裡，她也能忘記奧杰，只注視這一個人。可終究還是不足夠，對嗎？

她太貪心了。

當夜晚沒有了方立洋的擁抱，清晨只有先一步上班的紙條，小鼠終究不滿足了。逃開盒子的老鼠，不夠愛學者。

「真的，非常抱歉。」

倪樂提起漆黑的眸子，會議間炙白的光線打在上頭，折射出讓人心碎的光點。

她看著他。

一如第一次初見時的坦然目光，她沒有變，她可能曾經為了迎合他而改變，變得剪去舌頭般的乖巧寡言，可方立洋知道此時此刻在這裡的她，是他第一次看見的那個倪樂。

她坦白了。

她攤牌了。

方立洋一瞬間就懂了，這場爭吵，終究還是導向了無法挽回的局面。

「沒有用了，是嗎？」他垂視著倪樂問，臉上盡是無能為力的悲傷。

——我在你眼中怎樣都不夠好。

他想著倪樂的泣訴，不禁苦笑。

他說：「我在你眼中怎樣都不是奧杰。」

他按捺了那麼久，不去觸碰真相、不去面對顯而易見的賠率，終究還是無從避免這一刻的到來。

沒有用了。

他所期待的結果，都沒有用了。

跌坐在地上的倪樂不說話，而方立洋只是蹲到了倪樂面前，伸手輕碰她的指尖，可倪樂卻自責地縮回了手。

方立洋望著他們僅隔幾公分的手指，知道那已不是幾公分的距離了。

他沉痛地闔上雙眼。

「那就這樣吧。」

方立洋低聲絮語，那深沉的嗓音像是包納萬物的海洋。倪樂望上他決絕的臉龐，她知道，他還是自己認得的他，第一次初見的他。對於一切都看得足夠透徹的，合格資本家。

他們都要回到最開始的模樣了。

這樣太過明顯的起手式，讓倪樂又一次掉下眼淚。

他們都要回去了。

方立洋睜開眼，對上倪樂含淚的目光。這一刻，倪樂的眼神是這樣愧疚，直至看見方立洋成全般的苦澀微笑，才終於變得欣慰而堅決。

那就這樣吧。

成不了彼此所愛的模樣的時候。

就成全不愛吧。

＊

距離那場攤牌已經一個月。

倪樂搬出同居的住處也已過了兩週，她在兩週前做了兩件重大決定，一是租了間雅致的市區套房，二是提了離職申請。

如今她坐在套房裡的木板地，背靠床腳，聽著外頭人來人往的聲音。分手與離職，讓此刻的倪樂舒坦，與同等分量的恐慌。她往旁臥倒在地上，知道接下來等著她的會是什麼，她短暫的安逸感受，遲早會被奧杰拽入萬劫不復的失控。

她要盡快找到下一個獵物，那麼，她勢必得找到下一個獵場。

就在她蹙眉盤算時，放在床上的手機響起鈴聲，她的心思還放在找新對象和新工作上，於是沒多想，就逕直爬上床接起了電話。

「喂？」

「倪樂。」

當話筒那頭傳來奧杰的喚聲時，她就知道不妙了。

沒了放置感情的對象，她又要陷入對奧杰的在意之中。他的一句呼喚都能讓她感覺到什麼。

倪樂瞬間在床上正坐，清了下喉嚨以穩住語氣：「怎麼了？」

「還能怎麼，妳找到新工作了沒有？」

「沒有。」

「那妳現在房租怎麼辦？妳不是搬出去一段時間了嗎，房租不貴？」

「世上有一種行為叫儲蓄，我剛好有在行使。」

奧杰聽出倪樂一貫的倔氣，反射性地笑了。

可惡，笑聲都好聽！倪樂咬住牙關，努力去除雜念。

「我這套房還算便宜，目前都還負擔得起，不過工作要再找是真的，我還沒跟家裡的人講我失業了，這個月給家裡寄錢之後就會開始吃緊。等等，你打電話過來，該不會是要給我飯吃吧？」

「對啊。」

奧杰突然的接話讓倪樂一愣。「真的？你們公司缺人？」

「缺妳。」

「別給我用把妹的講法啊。」倪樂握緊手機，她知道奧杰的工作很有挑戰性，業務畢竟是弱肉強食、適者生存的圈子，她一直就想跳進去試試，那些桌面上的公道交易與桌子底下的機關算盡，讓她不由得有些興奮。「你是認真的嗎？如果是，我想試試看。」

奧杰一秒笑出聲音，愉快地說：「那明天就來面試。」

很明顯，這麼突然的面試機會就是走個流程，公司在奧杰的背書推薦下，早已內定倪樂這樣的人才，於是倪樂很快簽了合約，在奧杰的指導下，快速掌握身為業務的要領。

倪樂徹底將上份工作的精隨帶過來了，她不僅有門路撈得到相關進銷存資料，還能短時間分析數據，再透過圖表說服客戶選擇他們公司是最明智的決策。不到一季，倪樂就變作公司裡最優雅婉麗的豺狼虎豹。她的單月業績飛也似地趕上奧杰，以致公司高層決定將她與奧杰拆開，個別帶領前景看好的小苗子。

那些苗子有些聰明但不機伶，有些機伶但不實際，倪樂曉得這些未成氣候的孩子與她只差了一點歲數，但被公司任命為指導的角色，她還是得搬出一定程度的威嚴。

結果她的嚴厲嚇跑了大部分的苗子，唯一留下的，只有一位略帶傻氣的男子。男子長得高瘦，長相斯文，卻有著一股勇往直前的熱血。倪樂經常責備他的衝動讓他們在會議上吃虧，他魯莽的表態總讓對方有了可乘之機，作為男子的搭檔，倪樂只能力挽狂瀾，盡力扳回局面，為公司爭到最大可能的利益。

對於每次會後倪樂對他的言語鞭子，男子總會低下頭嘿嘿地笑，偶爾也會露出認真的表情說道：「我知道了，下次我會改進。」

男子叫韓紹，說要改進，卻每次都只改進一點點的大男孩，韓紹。

有時倪樂會覺得韓紹腦子並不是太靈光，但那老是衝她傻笑的模樣，卻讓她像握著拳頭打在棉花上。

「倪姊、倪姊，這次我是不是有表現好一點？」

韓紹開始在每一次和客戶會談後，像隻大犬般跟在倪樂身邊問，帶笑的雙眼瞇得彎彎地，身上有沐浴精的香味。

倪樂大了他足足一歲，當他開始以小跟班的姿態黏著倪樂跟進跟出時，她竟有種，唉這傢伙沒我就完蛋了的使命感，那時倪樂就曉得，這可能可以是她下一個安置情感的角色。

而這一點，倪樂不是唯一察覺的人。

奧杰身為他們的職場前輩，召開進度會議指導時就經常發覺韓紹過強的存在感，韓紹積極認真，就像所有剛投入職場的熱血青年，有著一雙清澈的眼，帶著幹勁的微笑，以及神采奕奕提問的好學生精神。偏偏他提問的對象並不是會議臺上西裝筆挺、一副菁英姿態的奧杰，而是臺下滿面倦容的倪樂。

韓紹總是在會議中偷偷附在倪樂耳邊，小聲問著討論的細枝末節，倪樂可以理解這是不想打斷內部會議的進程，只好暗地找他所謂的「師傅」來一解困惑，奧杰同樣也可以理解這一點，可韓紹與倪樂之間的距離，近得他有些煩躁。

倪樂之所以連日疲態，奧杰也曉得是因為這姓韓的小拖油瓶，韓紹性子烈，腦子不夠迂迴，直言不諱的習性得罪了不少客戶，掉了不少單，而這些業績只能靠倪樂補足。

奧杰想到這裡又是一肚子火。

「我覺得我得把他趕走。」

一次下班時間，奧杰走到倪樂身邊下意識說了這麼一句。

坐在辦公座位的倪樂聞言抬頭，看見奧杰正扠腰站在一旁、往下瞥視她的電腦螢幕，螢幕上密密麻麻排列著待辦的資料。奧杰審視了一會兒，目光安放到倪樂有些疲倦的臉上，他想起她在方立洋的公司也是這樣憔悴的模樣，不由得心頭一酸。

他知道她不需要被憐憫，也知道她有能力追求到自己渴望的成就，可看著她這副模樣，他總是不忍心到忿忿不平的程度，以致總是對她擺出生氣的表現。

她為什麼總是不懂得保護自己、遠離那些麻煩？

然而這一刻的倪樂壓根沒猜出奧杰的心思，來回看著奧杰剛剛注視的電腦螢幕，以及對方的臭臉。

「你說你要趕走什麼？」倪樂指著螢幕上的客戶銷量數據，看著奧杰問：「這間代理商嗎？」

奧杰焦躁地蹙起眉，一把拉起倪樂。

「喂、欸！你幹麼！」倪樂錯愕地被拉住臂膀，一路隨著奧杰走出人煙開始變得稀少的辦公室。

奧杰不顧周遭同事的眼光，將倪樂拉進杳無人跡的幽暗走廊，他們穿越狹窄的走道，奧杰很快帶著倪樂拐入盡頭的儲藏室，反手上鎖。

偌大坪數的儲藏室有著一扇對外的窗，晚霞透入窗扇讓倪樂能隱約看見裡頭陳列的ＮＧ鞋品，以及各知名品牌過季的打樣鞋款。

倪樂很快意識到這氣氛不對，這裡並不是一般人會來的地方。

她稍微側身，斜目打量起一旁的奧杰，只見奧杰關上門後朝她走來，她看見奧杰用著深沉的眼神，專注地注視她。

糟了。

她認得那眼神。

倪樂垂下視線，她知道那是攸關愛與慾，與那些她奮力逃離的、足以讓她萬劫不復的眼神。

她噙住下脣心悸起來，往旁望去，只見自己已被多座層架包圍，四周沒有其他出口，層架上整齊排放大量的樣鞋，她只好逃避現實地選擇裝傻。

「怎麼突然、把我帶過來？」倪樂不著痕跡地吞嚥唾沫，轉身對上奧杰的視線時，極其努力地忽視那副棕色眼睛裡的情感。

奧杰無視她的問句，朝她逼近，她順而緩緩地一步一步往後踏退。奧杰漆黑的髮垂落在眉眼之間，神態有著說不出的野莽。倪樂不知道他為何突然有了這樣的衝動，可倪樂知道，奧杰對她的所思所想與接下來要做的事，可能已經超出了男人能夠按捺的範圍。

倪樂慌了，笑得心虛。「帶我來這裡找靈感嗎？用心良苦啊。」接著她乾乾地唸出了哈哈二字，很快拾起一旁架上一雙螢光色運動鞋，捧到了奧杰面前笑道：「啊，這雙！你看、這雙！」

她刻意興致勃勃地提議：「我查過資料，這雙當時預購不到一小時就被訂光了，這一季我們可以先出一次少量復刻，然後再……」

奧杰沒等她說完就掐著她的下頷吻了下去，奧杰第一次不想把嘴上的佳餚讓給任何人。

對倪樂，他沒有辦法無所謂。

光是思及在倪樂身邊兜轉的韓紹，他心裡就燒起一團大火。

倪樂轉移注意力的構想徹底失敗。奧杰失控地咬住嚶嚶掙扎的她，不顧她的推拒，只是一股勁地將她纖瘦的身子困在懷裡。倪樂在混亂當中掉了手上的鞋，透過薄薄的襯衫衣料，她能察覺奧杰游移在她腰間的手指帶著驚人的熱度，當她警覺地望上近在咫尺的那雙眼，她只看見露骨的陰暗。

在那凌亂黑髮下的、奧杰淺棕色的眼眸裡，倪樂目睹滾燙的飢餓，與不容分說的無理。她的嘴被死死地啃食，她的一隻腿被抬起、忽地被拉得貼上他燒熱的身體。

轉過身，奧杰將她壓上了門板。

「我不知道自己在做什麼，倪樂。」奧杰的唇尖抵在倪樂的鼻尖上，他輕綿地親吻，聲音如化開的奶油般柔軟，卻帶著砂糖的粗糙。他說：「但是如果妳不願意，妳現在還有機會離開。」

倪樂的背緊貼著門板，他們之間的體溫加乘了初夏的熱度，讓她有些暈眩。她看著眼前如同在挑弄獵物的奧杰，不由得想起他們第一次的越界，就算是那些有如獅子張著爪尖勾弄她的時刻，都那麼令她沉醉。

糟了。

這太糟糕了。

她知道在這人面前，她從來沒有勝算。

息。

「我……」倪樂望入他懾人心魄的雙眼，一下子找不到詞句，只能顫抖著喘

奧杰已經制不住自己，一隻帶繭的手探入她短在膝上的黑色窄裙。他側過臉，剛毅的唇瓣湊近她耳邊。

「妳要離開嗎？」

那略微沙啞的低問，令倪樂崩斷了理智。

她伸手鎖上了儲藏室的門。

喀。

門鎖的聲響讓奧杰下意識粗喘，雙手抱起了倪樂的臀。倪樂反射性地跨上他粗壯的腰，長腿緊緊的依附能讓彼此透過西服的衣料，感受到濃郁的——

濃郁的什麼呢？

捧上他的臉深吻的倪樂，已經無法思考。

濃郁的情感，或只是濃郁到太過單純的性慾？

她熱得快要融化，在那一瞬間，那也似乎不重要了。

都不重要了。

倪樂深呼吸著闔上了眼，默唸了遍。

一。

二。

三。

第一次越界那年，在那紅色的大門前，那裡的倪樂能把那一切作為一場夢境，那麼現在的她，同樣可以。

縱使她明白後續的深淵，要花費多少時間，才能摔落到底。

*

倪樂沒有想過要從奧杰身上奪取什麼。

可她知道，那或許是因為她真正想要的，是她多努力也拿不到的。不是因為她不行，不是因為她不夠努力，而是她真正想要的，或許並不存在。

那一年夏季，他們開始了一場恐怖平衡。

當她被他拉上公司頂樓的黑暗角落，當她被他壓在牆邊由身後劇烈進出的時候；當他被她拉進茶水間擁吻，當他被她伸進褲頭的小手挑弄的時候；當她被他拽入幽暗的儲物間，當她被他修長的手指探入身體深處的時候。

他和她的心裡，是不是也被剝掉外衣，探得體無完膚呢？

這些無論他或她都不明白，只是毫無節制地對彼此的身軀需索無度。他們一面給予，一面索要，彷彿相當公平。

他們沒有奪占彼此，沒有說好交往，更沒有說愛，下班時間甚至各自回家休憩。那年奧杰由老舊的單人套房搬進了高檔的精品公寓，倪樂則仍住在市區的小套房，努力補足被韓紹拖累的業績。

鄰近知名夜市的市區太過嘈雜，她買了耳塞，一邊揉著長期塞住耳道而感到不舒服的耳際，一邊暗自下定決心，等她即便拖著韓紹這拖油瓶還能登上業績冠軍，她就要靠自己的積蓄搬進奧杰住的那一幢公寓。

她喜歡自己的目標，也喜歡訂下這項目標的、那一刻的自己。她喜歡自己不是為了「接近奧杰」，而是一種略帶倔強的證明，她知道比起被感情沖昏頭，這樣清醒地站上頂尖，證實她和他同樣能幹，才是她真正的動機。

她在他面前，自信得那麼健康。

可他和她在暗處撫摸彼此時——總是只能在暗處——他們究竟算是什麼呢，倪樂壓根不敢去揣想，只是享受著他和她填滿對方的觸感，像是這一切沒有止盡。

兩個月後，倪樂如願登上了單月個人業績榜首，被擠下王座的奧杰站在早會的一角，微笑著為臺上受獎的倪樂鼓掌。當倪樂由總經理手中接過方框獎牌時，她看見奧杰的雙眼。

那雙淺棕色的眼睛帶著太過濃郁的愉快，奧杰含笑的面孔彷彿在她眼中燙下一記燒痕，讓她想哭。

她的成功於他而言，比他的成功還要令他開心。這是不同於方立洋對倪樂的角度，若說方立洋將倪樂視為自己的作品，那麼奧杰便是將倪樂視為一個特別有潛力的個體。像是能毫不猶豫押上所有積蓄，咬定倪樂就是唯一一支漲停個股，然後他會在所有投資客面前說一聲，我就說吧。

「我就說吧。」果真當天的午飯時間，奧杰就在辦公室裡對他的三位組員大聲地笑：「我就說這個月絕對會是倪樂ＴＯＰ１，她很厲害。」

距離他們不遠的座位上，倪樂聽得不由得揚起嘴角，望過去時恰巧與轉過頭來的奧杰對上視線。

奧杰笑得燦爛，對她豎起拇指。他瞇彎的眼神裡有燙壞倪樂的熱度，倪樂笑起來頷首致意，周遭畢竟太多人，她心裡有根保險絲似乎被燙斷了。她捏緊放在腿上的雙手，得花費大量力氣才能制止自己跑上前用力地抱上奧杰。

翌日，倪樂聯繫了房仲，很快安排了看房，兩週內，她就決定了租約。她搬進了奧杰隔壁的單人房，這讓她感到滿滿的得意。

於是倪樂開始喜孜孜地偷偷布置起自己的高檔套房，上班時，她偷看了奧杰擺在辦公桌上的月曆，暗地裡記下了他兩天一夜外縣市出差的日期，她在奧杰出差的期間讓搬家公司把一切家具安置妥當，她所有的入住準備，都在那短短的一晚置辦完成。

她要給他一個驚喜，找個機會粉墨登場。

那天夜裡，倪樂邊這麼想著，邊拎著最後一袋要搬的生活用品搭上電梯。

「妳看起來好開心。」

梯廂裡，站在倪樂左手邊的男子對她搭話。他看上去與她年齡相仿，他指著倪樂帶笑的臉。

「發生了什麼好事嗎？」男子語氣陽光地問著，又靦腆地笑了。「不好意思啊，突然跟妳說話，我只是今天白天也有看到妳，在中庭，妳好像在指揮搬家工人。妳是今天搬進來嗎？」

倪樂點點頭，不著痕跡地朝電梯面板瞄去一眼。電梯內只有他們兩人，面板上亮著的按鈕只有四與六，倪樂住在四樓，很顯然面前這位男子住在六樓，倪樂很快意識到那是大坪數高級住宅的樓層，這人很大可能是位成功人士。

也許除了傻氣單純的韓紹以外，富家小開也是個好選項？

倪樂心中鈴聲大作，在那儼然保險絲斷裂的一刻，她就知道，她得抓緊時間找安放感情的人選，否則她沒有辦法克制自己對奧杰的愛，到那時，她對奧杰的接近就會變得有目的、有綁束，有眼淚和得失心。

他們就不再能眼瞎，不再能聾啞。

他們的恐怖平衡就要消失了，就要像普世情侶般，迎接普遍的開始，普遍的爭吵，再用最普遍的方法，普遍的劇終。

他們就不再健康了。

於是那一瞬間，倪樂對著電梯裡的男子笑得甜美。

「是啊，我今天入住。」她伸出手。「你好，我是倪樂。」

男子順勢握上她的手，自報姓名：「王辰一。」

王辰一是中部一座莊園主的小兒子，莊園被父親拓建為觀光酒莊，賺觀光財卻完全不是主要收入，他們的主力產品是遠近馳名的葡萄酒，靠著穩定外銷維持偌大園區的基本營運。

「怎麼樣，不錯吧。」當倪樂讓奧杰知道自己的新住處後，她便透過電話對奧杰說起王辰一：「我要是嫁他，我就不用奮鬥了。」

「我他媽的趁會議空檔打電話給妳，妳居然跟我聊別的男人？」

「這很重要，攸關我的人生大事耶。」

倪樂笑起來，奧杰則咬牙切齒。

「別跟我開玩笑！」

「才沒開玩笑。」倪樂趴在辦公桌上，壓低音量：「我都幾歲了，也該為未來做打算了。」

電話那頭的奧杰聽著一愣，站在會議室外背靠白牆，感到腦子和那牆壁一樣白。

「妳想結婚？」

「為什麼不想？」

「因為……妳不想生孩子？」

「生孩子和結婚是兩回事吧。」

「妳之前都沒想嫁那什麼方立洋，現在妳連交往都沒跟他交往就在想嫁他？那什麼一的？」

「王辰一。」

「不重要。」奧杰明顯躁鬱起來，又明顯強壓暴躁的情緒，試圖以分析的角度冷靜勸說：「那根本不適合妳，什麼少奶奶、什麼不用奮鬥，那樣的婚後生活想也知道不是妳的風格。」

「沒試過怎麼知道。」倪樂對於奧杰的反應感到有趣，不由得起了玩心。她直起身子，慵懶地伸了懶腰，笑道：「好啦，接下來我會加把勁試試的，少奶奶大作戰。」

「那是什麼像綜藝節目的作戰。」

「別嘲笑我啊，你知道我不管做什麼幾乎都是加把勁就能做到的。」

這句是說對了，於是奧杰一下子按捺不住，竟難得地加重語氣：「妳夠了，正經一點！」

那彷彿責罵的語氣竟讓倪樂下意識笑出了聲。就連倪樂自己也不明白，從前總在方立洋嚴詞責備時感到怯怕的自己，在奧杰面前卻如此不懂收斂，還興致高昂。

倪樂努力壓下心中愉快的蠢動，穩住聲音：「好了，我知道你擔心我，我知道自己在做什麼，你放心。」

「妳根本……」

「停停停，別囉嗦了，我今天工作量很大啊，再不趕進度就要加班了，先這樣，你下半場會議加油。拜。」

語畢，倪樂直接掛斷了通話，甚至將手機調成靜音、扔進包裡。

她開始無視包內的手機震動，那一通通奧杰的電話成了她工作時的背景音，他的焦急讓她愉悅，敲擊鍵盤的手指也帶著雀躍的頻率。

後來，手機不震了，倪樂也沒在意，估計由奧杰主持的下半場會議開始了，她便沉浸在一份又一份的報表中。倪樂進入無我狀態持續工作，她知道已經過了下班時間，韓紹與其他同事經過她身邊時向她說了再見，她機械式地一一微笑道別，繼續盯著電腦螢幕刷著一頁頁資料，一再地補強內容。

直到她瞥見電腦上的時間才意識到嚴重超時了，她趕緊存檔關機，起身環顧了一圈。晚上九點，整層樓的辦公空間已僅剩她一人，周遭昏暗得讓她有些不安，昨晚她才作死的看了部恐怖電影，那些血腥的場景她都還沒來得及忘記。

電影裡那些衰包，都是落單時被解決的。

她想著想著，一下子就慫了，依著僅存的一盞燈光，飛快地收拾好手拿包，這時包裡的手機震動起來，但她太想盡快離開空蕩的辦公室，於是沒理會那通電話，拉上皮包拉鍊就一股腦地往電梯的方向快走。

包裡的震動持續著，她走在狹窄的座位走道之間，突然叮的一聲電梯響，嚇得她尖叫出來。只見不遠處電梯門開啟，裡頭是拿著手機貼耳、一臉凝重的奧杰。

他看見她，原本蹙緊的眉間倏地舒開。

她看見他，原本慌張的心跳倏地平緩下來。

倪樂一手拍拍逐漸穩定的胸口。「是你呀，嚇死我了。」隨而對著走出電梯的奧杰笑開眉眼。

那一記笑靨太過安然，瞇彎的黑色雙眼帶著些許光芒。

她沒事。

無數打不通的電話早已讓奧杰從惱火變作擔憂，他寧願倪樂是作弄他，也無法想像倪樂是發生了什麼事，於是他按捺到會議結束，就趕著來到這裡。

來到這裡，看見他的倪樂完好如初地，對他笑了。

奧杰忽地加快步伐，扔下手中的公事包，上前吻住了倪樂。他炙熱的雙手捧上她微仰的臉，她還沒反應過來，就被使勁吻得幾乎窒息。

那深吻的力道讓倪樂有些承受不住，兩隻拳頭不斷試圖推開奧杰，可奧杰壯碩的身形毫無動搖，只反將她箝制得更加徹底。

奧杰隻手扣住她的腰際，帶著她向後移動，當她察覺身後抵上桌緣，這才發現她已經被困於帶著屏風的桌邊，她被他抱著放上桌面，敞開了腿。

「你不要……」

倪樂欲阻止的話都沒說完，就被奧杰揑著下巴吻住了整張嘴。

那像是要吞下她的姿態讓她驚訝得恍了神，她感到暈眩，一瞬間忘了呼吸。奧杰滾燙的舌尖挑弄著她嘴裡的柔軟，她禁不住敏感地收了腿，雙腿卻反而夾住了奧杰。

他低笑。「怎麼了，想要了？」

奧杰含笑的嗓音挑釁，讓倪樂下腹一熱。那樣酣啞的低沉音色，伴隨過太多次溼熱的情慾，那些探弄與舔舐，揉捻與掐咬的記憶，一下子撞入倪樂混沌的腦子裡，她只覺得渾身燒灼，一抬眼，視野裡就是滿滿的奧杰。

奧杰看見她慧黠的雙眼一瞬間盈滿了慾望，起先一滯，目光離不開似地審視起眼前已臻成熟的女孩。

倪樂飽滿的雙唇微啟，吐出不規律的急促呼吸，她的臉頰酡紅，上揚的眸子帶著迷濛。

她已經那麼大了。

已經想著要結婚了。

奧杰無意識地用手指輕輕劃過她線條美好的鼻梁。

她已經想著要結婚了。

已經想著，要離開他了。

奧杰不由得咬牙，拇指按進她的嘴，壓下了她溼濡的舌。

倪樂失魂般任由奧杰的手指在她嘴裡捻按，奧杰越來越不滿，分明這一刻對他如此乖巧的倪樂，怎能想著逃開。

他抽出手指，側頭含上她的耳。

「啊！」

倪樂叫出了聲，剎那回過神。

「耳朵不行、我……」

耳朵總是她的弱點，一被挑弄，她就渾身無力得幾乎失去自控。她激動地胡亂推拒奧杰，可力道就是無法控制，全身虛軟得可憐。奧杰能察覺她明顯的無力，這樣的虛弱讓他滿意。她就該如此，什麼也做不了。哪也不能跑。

＊

一夜過後，倪樂察覺不對勁。

自己不對勁。

她開始在意奧杰每一次進出辦公室的時間點，她面對電腦繕打資料，眼角餘光卻跟著從旁走過的奧杰，甚至側耳聽著奧杰的動向。

每一次奧杰外出開會或拜訪客戶，她都下意識地計算起時數，過去的路程時間加上合理的會議長短，是不是差不多奧杰就要在特定的時間點回來了？她開始梳整自己，在意起自己身上的氣味。

在奧杰差不多要回來前，她會翻出化妝包補妝，噴些淡香水。

然後她察覺到。

完蛋了。

倪樂開始意識過剩了。

奧杰那夜特別強硬的行為讓倪樂感受到分量，她的分量。那像是不許她離開的態度，與不許她嫁給他人的威嚇，讓她不該有的期待發了芽。

要死了。

倪樂意識到嚴重性，卻無法自制地、日復一日過度在意起奧杰的行蹤。她心裡的毒芽讓她緊迫盯人。

「你這次的客戶長得挺正啊。」午飯時，倪樂抓著三明治坐在公司二樓露臺的藤椅上，一面翻看雜誌，狀似漫不經心地問：「好像滿年輕的？上次經過會客室有看見。」

隔著玻璃圓桌對坐的奧杰提眸掃過她一眼，低頭又審閱起法務組初擬的合約。「好像是吧。」

倪樂一下子不開心了，她放下雜誌追問：「好像是吧是指長得挺正，還是指滿年輕的？」

奧杰蹙起眉，眼都沒抬一下，只拿起桌上的鉛筆在合約上做修改註記。

那副沉浸在工作裡的模樣讓倪樂耍起了性子，隻手敲了敲桌面。「喂、回答呢？」

「年輕。」奧杰不假思索地回應，這才提眸給了倪樂一記意味深長的帶笑眼神。「怎麼、怕被比下去？」

「比個屁。」

倪樂向後靠上椅背，咬了口三明治，又看回雜誌。只是這下她已經完全無法專注於紙頁上的資訊，那些當季鞋款的圖文儼然變成另一個世界的語言，她看著那些圖文，感覺到奧杰的注意力又回到了那紙合約上，他當她的焦慮是微不足道的茶餘話題。但話說回來，那難道不是嗎？

倪樂不禁抿緊脣尾。

那本來就是無聊的試探，本來就不該認真。

可是。

她顯然還想獲得更多關注。

她悄悄提眼。確實，面前的奧杰正垂眸掃視著布滿條文的書面，線條明顯的脣瓣輕動，默唸著契約內容。

再一眼都不給她？認真的嗎？起碼確認一下她是不是還介意，不是理所當然的嗎？倪樂不敢置信。

然而讓倪樂更不敢置信的，是自己那彷彿在索要視線的行為。那實在太幼稚，都到了可笑的地步。她意識到嚴重性，要是這些要不得的慾望蔓延擴大，透過言行舉止一一曝光，那還得了？於是她快速吃完三明治，將包裝紙與雜誌留在桌上，就趕緊起身打算離開。

「等等。」

奧杰的呼喚讓倪樂停下腳步回頭，她承認這一刻是滿懷期待的。死傢伙你不錯啊、裝死裝得挺像，原來還是關心我的。倪樂一面心想著，一面露出笑容，定睛一看卻只見奧杰一臉嫌惡地指著桌上的雜物。

「妳的垃圾，帶走。每次都要我清理，妳也真好意思。」

奧杰帶笑的一句話，氣得倪樂逕直撿起桌上的包裝紙就往他臉上扔。

「喂！」奧杰拍掉那團還帶著美乃滋的塑膠袋，瞪向倪樂。「妳在氣什麼啊、怪里怪氣的。不就是叫妳處理自己的垃圾嗎，發什麼神經。」

「我就是把垃圾跟垃圾丟在一起！」

倪樂惱羞成怒地回嘴後，轉身就朝落地窗走去，一隻手剛碰上窗門，身後的奧杰就趕上來抓住了她的手，將她拉得轉過身。

「妳怎麼了？」奧杰微彎了腰，設法對上她彆扭轉開的視線。「吃錯藥了？」

倪樂仍然低頭不語，見狀，奧杰只好嘆息著將倪樂帶入懷裡。四下無人，倪樂也就任由他的手在她背後輕拍。她下意識將臉埋進他的胸口，西服布料糙挺，她不在意，就是一股腦地蹭上他散發熱氣的胸懷、鎖骨、肩頸。

這儼然貓一樣的舉止讓奧杰一愣，這不尋常。他的倪樂有心事。

「告訴我怎麼了，嗯？」奧杰低頭吻了一口她的額心，輕撫她稍微盤起的蓬鬆長髮。「是我的問題嗎？我惹妳生氣了？」

倪樂不說話，只是伸長雙手，反過來擁緊奧杰的腰。

奧杰不由得輕笑，低下頭，溫韌的嘴抵上她的耳。

「是不是我沒意識到我惹妳生氣，所以讓妳更生氣？」

這下倪樂終於點點頭，那緩緩頷首的姿態帶著可憐巴巴的小委屈，看得奧杰忍不住放聲笑了起來。

倪樂下意識抬首瞪向奧杰，奧杰卻不顧她不滿的小眼神，雙手捧上她的臉，低身就是一陣深吻。倪樂覺得自己還在莫名的氣頭上，尤其這樣的脾氣在他看來似乎就像個笑話，更讓她惱火中燒。她纖細的雙手努力地推，不斷地推，終於推開一些距離。

「放開！」她忿忿地放大音量：「你當我小孩子是不是！鬧鬧脾氣無所謂，反正摸摸頭、親一個就沒事了？真簡單啊。」

「好了好了，過來。」奧杰又是一個使力，輕易將倪樂又攬入懷抱。他隻手壓在倪樂的後頸，下頷扣上倪樂的頭頂。「妳這麼囉嗦的一個人，怎麼會是小孩子。」

他抱著倪樂左搖右晃，繼續猜測：「妳是怕我對那什麼妳覺得長得挺正的客戶動什麼歪腦筋嗎？」

「才不是。」

「那是……怕我覺得妳人老珠黃了？」

「不是！」倪樂抬頭否認，滿臉不悅。「我只是、我——」

倪樂頓時住口，她發現對他身邊異性的危機意識，以及自己在他面前是如何在意形象，這些都不是困擾她的原因，真正困擾她的，是她沒有實質立場去介意這些，她甚至連嬌嗔著討要他的關注，都是那麼沒有道理。

於是當奧杰溫著嗓子追問「只是什麼？」的那一刻，倪樂不假思索地說了：「我是你的什麼？」

下一秒，他們同時被這句話給問傻了眼。

「不、沒事，當我沒問。」

倪樂猛地推開奧杰，卻被奧杰揪住了手腕。

「妳是我的什麼？這是什麼意思？」奧杰不解地蹙起眉宇。「妳就是妳，倪樂，妳怎麼會去擔心妳是我的什麼？妳從來就不是附屬品，我也從來沒把妳當附屬品，為什麼妳要說得好像妳需要我來定義妳的存在？」

倪樂一下子慌了，她沒想曝光自己的懦弱。

「我不是那個意思……」她低垂著眼，一股腦地掩飾。「我只是不知道你是怎麼定義我的，我是指、那種，人與人之間的定位。這段時間我一直不知道我在你生活中的定位，這讓我很混亂！」

「混亂？」奧杰感到好笑。「如果妳希望我們交往，那我們就交往，有什麼好混亂的？我早就告訴過妳、我會對妳負責，是妳一直不從的。」

倪樂感到一陣心悸，下意識抽回了手。

「我……」她目光游移，暗自咬牙。「我只和有膽子娶我的人交往！」

她低下頭放大音量，像是音量一旦不足就會失去底氣，她知道這種話只會得到悲傷的結果，可都到了這一步，她似乎也沒能閃躲了。

他們都沒能閃躲了。

過了幾秒，她果真沒等到奧杰的回應，她的一顆心像沉入冰窖裡。

而一陣沉默後，奧杰說出的結論讓倪樂不敢置信——

「所以妳要的並不是我，而是一段婚姻。」

「什……不是！」倪樂感到荒謬。「我要的是一段有未來的感情。我要承諾，心甘情願的那種，不是勉強的責任感。我要有一個人對待我不是不得不負責，而是和我一樣、真正下意識的相信會有未來！我只是……」

我只是希望那樣的人是你。

「妳只是剛好需要我來達成妳的人生目標。」奧杰沒等倪樂說出後半段的話，擅自下了定論。「但妳的目標和我的不一致，我沒打算結婚，既然如此，很遺憾我不適合做妳棋盤上的棋子。」

奧杰的話裡帶入了情緒，倪樂知道氣頭上的話並不是全然真心，但無可否認，那一刻她感到無以復加的失望。

原來她真正想要的，真的不存在。

倪樂一下子也氣憤起來。「孬種！」

「什麼？」

「就因為你父母，你就認為全天下的夫妻都會是悲劇，你會不會太膽小了！」倪樂意識到自己提了不該提的話題，她想停止自己的嘴，卻聽見自己失去控制的脫口而出：「你只是不願意為了我去克服你的恐懼！」

聽哪。

她都說了什麼。

這樣唯我獨尊的指責，讓倪樂自己都感到羞恥，於是她轉身逃進了室內，留奧杰怔在原地。

＊

倪樂真正想要的，只是奧杰願意為她相信一件事而已。

奧杰的童年在保母的陪伴下成長，保母換過一輪又一輪，其中兩位阻止過奧杰的父親對年幼的奧杰酒後家暴，卻翌日就被解聘，奧杰再也問不出她們的下落。

奧杰的母親在奧杰上小學時患上相當嚴重的憂鬱症，自殺未遂的紀錄讓法庭在他們離婚那年，將奧杰的扶養權判給了具有經濟能力的父親。

而他的母親，竟沒有提出家庭暴力的事實。

精神破碎的母親無法維護孩子，孩子太小，更不可能為自己發聲，甚至那一年的奧杰並不那麼明白他的人生都發生了什麼，他只知道，有一個他稱為爸爸的人清醒時對他很好，但是只要喝了一杯接一杯金色的水，就會變得很可怕。

母親搬走後，父親的粗暴行為讓每一個保母畏懼氣憤，卻迫於需要這份工資，選擇了緘默。

奧杰不知道有多少人知道他並不是他的孩子。

奧杰的母親在懷孕時遇上那位彬彬有禮的男子，他對那時的母親說了，不要害怕，我會把他當作自己的孩子照顧。母親笑了，與男子步入禮堂，結髮為夫妻，然後奧杰來到這個世界，他們都以為這就是人生的完整。

只是——

一個人吃食酒精時，酒精是不是也吃食掉一個人呢？酒精吃食掉一個好丈夫，一個好父親，然後吐出一個拿著皮帶鞭打孩童的魔鬼，他面容猙獰，他把那個好父親心底真正的漆黑，化為皮肉的聲音。

倪樂在那些與奧杰交換體溫的日夜裡，撫過無數次他背上的痂痕，她知道那一道道，都曾伴隨小小的奧杰大聲哭喊的聲音。

她知道，一對夫妻能拉拔一個小靈魂，也能一片一片的，把他剪碎。

於是她不打算懷上孩子。

可這樣的決定並不是為了奧杰，而是她內心深處，沒有自信成為一個好家長。她的母親在她七歲時將她送養，她來到一個溫暖的家，可她沒能忘記七歲以前，她是如何苟活在那間紅色的房子裡。

生下倪樂的女人租著一間坪數狹小的套房，房裡的家具並不齊全，空間幾乎被一張紅色的雙人床占滿。女人在房裡噴灑誘人的香水，甜味空氣裡放著醉人旖旎的音樂，窗邊點著一盞鮮紅色的燈，立燈上面掛著倪樂不能明白的細小碎布。

女人會在不同男人進房以前，將那些帶絨毛的、帶金屬的，或紅或黑的布料穿在身上，遮住那些女性體徵，她婀娜地坐上柔軟的床，微笑著讓倪樂自己躲進衣櫥。

「乖，媽媽工作，妳進衣櫥玩。」

倪樂會點點頭，抱著破舊的玩偶爬進衣櫥，把門關上。幼小的倪樂會靠在最裡邊，在一片幽暗裡，她會想著終有一天會有個很好的人出現，會有一個像是迪士尼電影裡最後的好結局。在這之前，她要乖巧地長大。抱緊懷裡的玩偶，像是抱緊未來一輩子能夠陪她的人。然後闔上眼，閉緊嘴巴。

她記得她不可以發出聲音。她記得她曾經發出聲音，隨而外面的男人大聲吼叫，她記得男人質問母親的瘋狂語氣。

她記得男人拉開衣櫃，看見她時，粗暴地回頭甩了母親一巴掌，當她蜷縮在衣櫃裡忍不住哭著尖叫，男人立刻又來到她面前，嫌棄地拿嘴上叼著的菸，燙往她瑟瑟發抖的頸項。

她記得母親推開了男人、阻止男人對她做出更過分的事，她記得她的脖子燒痛，痛得眼淚模糊視野，她眨下淚水看見男人將口水吐到了母親臉上，罵罵咧咧地轉頭離開。

她記得巨大的甩門聲和母親喪氣的嘆息，她記得母親從難過，一下子變得憤怒。

她記得母親責怪起她為什麼發出聲音，記得母親全身光裸地把她拉出衣櫥，拿了衣架子往她臉上招呼；她記得她被送到醫院，差一點失明，記得她的眼睛劇烈疼痛，比脖子還要痛，發冷的小鼻子聞到的全是滴在她臉上的鮮血氣味；她記得醫院裡的白色燈光和手術臺上的金屬聲響，也記得這讓她對醫院產生了無以名狀的恐懼。

她記得後來她的母親把她帶回那間紅色的房間，對她下跪。

她記得那個女人的眼淚。

「對不起，媽媽對不起妳……」她跪在倪樂面前，哭花的臉埋在小倪樂的胸口。「媽媽不會當媽媽，對不起……」

倪樂一隻眼睛包著紗布，用另一隻眼睛看著蜷縮的母親。

母親身上，有刺鼻的味道。

一直到倪樂長大，擁有了新的模範父母，直到上了國中第一次明白酒精會對人造成的影響，也第一次聞見酒精的氣味，她才知道，那一年母親身上刺鼻的味道，並不是酒精。

所以原來，不會成為家長的人，終究不會。除去任何原因，依然不會。

倪樂流著她的血液，也許會無法避免地遺傳這一點，那也是沒辦法的事。只要不懷上孩子，那些小靈魂就不會遭殃。倪樂拍拍自己的胸口，深信著，卻也偶爾感到遺憾。

她流著她的血液。

在成長過程中，每當她看見新父母是如何和藹，她都會感到慚愧。她希望她是足夠好的孩子，有一顆好教養的心，有一副單純的眼光，能夠更正確的成為他們的孩子，配得上他們給她的愛。她害怕她永遠只會是那一個、被不會當媽媽的女人，鎖在衣櫃裡的小女孩。

只會抱著絨毛娃娃，蜷縮在黑暗裡。

可是她知道，在衣櫃裡的小女孩，始終相信一件事。

她相信終有一天有一個人，會把鎖敲開，然後進到衣櫃裡告訴她，我在，我陪妳一輩子。

有一個人，會接受她原本的模樣，會對她一針見血的個性一笑置之，最後會在外頭照進來的日光裡給她一只戒指，用堅定的眼神看著她受過傷的眼睛，說我們永遠都會在一起。

然後她會笑著。

「我愛你。」她會說。

接著等待並不可怕的衰老來臨。

到死的那一刻，他們都會在一起。再沒有什麼需要害怕。

她要的，終究只是奧杰相信同一件事而已。

＊

奧杰不相信，於是他開始了逃亡。

於他而言，那彷彿是不能說的名字，像是人們口耳相傳的可怕禁忌，那是紅毯盡頭的未來，是奧杰這輩子最害怕的棺木。

一個善解人意，知性明理的男子，在開始肩負一個家的時候，是怎麼變成一位暴戾的角色的？這當中一定有著不可抗力的原因，對嗎？否則男子怎麼能一把一把剷著泥土，埋葬自己溫柔的那塊軀體呢？

他是真的，真的害怕。

要是有一天，婚姻讓他變成了他最恨的那種人。

要是有一天，他親手傷害了他的倪樂。

要怎麼辦呢？

後來，在奧杰裹足不前的日子裡，倪樂與韓紹交往了。倪樂用她慣用的手段表示她的態度。她脾氣硬，開門見山地向奧杰表態自己有了男友，不可能再與他共享身體，晨間，她還是會讓他載去上班，可彼此的距離不再親暱。

奧杰在那年冬末染上菸癮。

「別抽了。」

倪樂在公司的二樓露臺碰見奧杰，隨口告誡了一句，並遞上一份文件。

倚著露臺圍欄的奧杰叼著菸接過資料，手指若有似無撫過倪樂的指尖，倪樂一本正經地縮回了手。那一瞬間的反應讓奧杰嗤笑。

「幹什麼，有必要這麼警剔嗎？」

「有必要。你這老狐狸，不防著不行。」

倪樂噙著笑意，低著下頷望他。那視線有著一貫的倔氣。

奧杰單手掐著菸，吸了口，移開嘴。靠在金屬欄杆上的修長手指撣了下菸灰。他穿著黑色毛呢大衣，在他吐出的煙霧中看上去溫暖，及膝外套裡是一貫的白衫黑褲，倪樂的視線晃過他頎長的身子，那裡包裹過她無數次，在涼爽的季節，她能鑽進他厚重的衣料，抓著他的雙手抱住自己，像是窩進她的地盤，擁有他全部的胸膛。

她想念他的懷抱。

而他知道。

奧杰裝模作樣地翻閱文件，敷衍地掃過幾眼表格，便張開了手。

「好了，快過來。」

他的一句話讓倪樂像是驚醒，她聳起肩膀向後踏退了一步，卻拐到了腳，高跟鞋讓她一下子抓不住平衡，就在跌倒的前一秒，奧杰拋了菸，一把將她拉入懷裡。

一張張資料掉了滿地，紙張摩挲的細微聲響也能讓此刻的倪樂心慌，她聞見了他身上的清香，那揉入體溫的古龍水味讓她幾乎暈眩，她一手扶上他的肩，一手抓上他的大衣。

他太久沒有觸碰倪樂，倪樂彷彿依賴般的動作即便細微，也讓奧杰心頭一熱。他笑著湊近倪樂的耳，低聲問道：「被我猜中了？」

「什麼？」

倪樂還沒來得及回過神，愣愣地抬首，只見奧杰露出正中下懷的笑容。她立刻意識到這都上演了什麼，趕緊站穩腳步就猛地推開了他。

奧杰抿彎了嘴，笑出近日以來最由衷的聲音。

「妳想要抱我，被我猜中了。」他指了指腳下的露臺。「妳總是在這裡向我討抱抱的，是不是懷念了？」

他帶笑的溫潤嗓音讓倪樂鼻酸，她真的好想念，可或許她真正想念的並不是奧杰，而是在那裡的自己。

在那些能夠理所當然相擁的季節裡，在那裡的她，有著最完美的滿足。她羨慕她。那裡的她。

倪樂低下眼，收起了短暫的失態，再抬起眼時，眼中已是一片凜冽。

「夠了。我們已經不適合這種距離了，你很清楚。」她攏緊了自己的西裝外套，雙手交抱在胸前。「我和韓紹交往得很穩定，你別搗亂，也別有類似的想法。沒有意義。」

「穩定？」奧杰感到好笑。「用一副渴望眼神看著我的人，在說什麼呢。」

「不要拿我尋開心，幾歲的人了。」倪樂斜瞪著他，強調：「韓紹沒多少戀愛經驗，單單純純的，有點懦弱，所以我知道他雖然忌諱你載我上班，但不敢反對，就是尊重我跟你之前的情誼。他是很好的人，我不想辜負他。」

「很好的人？」奧杰撩起一側嘴角。「什麼樣的標準能讓妳覺得是很好的人？單純、懦弱、當個小可愛？」

「別曲解我。」她蹙起白淨的眉間。「你知道韓紹怎麼向我告白的嗎。他很慎重的告訴我，他很崇仰我這樣的人，但是他發現他對我更多的是愛慕，他握著我的手，告訴我他愛我，會和我度過一輩子。他那副堅定又乾淨的樣子，就是最好的。那才是我夢寐以求的。」

「妳夢寐以求的只是有個人能說出妳想聽的，是誰說出來的根本不是重點。妳才是幾歲的人了，可以別那麼頭腦簡單嗎？」

奧杰的揶揄讓倪樂一下子惱怒起來，不由得咂嘴。

「隨你怎麼說。我還有急件，先去忙了。」倪樂恨得咬牙，轉身拉開落地窗，一隻腳就踩進辦公走廊。

然而身後的奧杰跟著一隻手攬住了倪樂，倪樂的腰腹被由後帶向男人。這熟悉的霸道舉動讓倪樂又一次心慌，她心悸地雙手並用、掙開他的手臂，轉身瞪過他一眼，二話不說地快步離開。

倪樂的鞋跟敲擊地磚，那不規律的喀喀聲響讓奧杰明白她的慌亂。他望著落荒而逃的倪樂，一下子笑了。

他這下知道了，倪樂對他仍有依賴，他看見她眼中想擁抱的慾望、看見她被他觸碰時的亂套。他都看見了，那麼他，就沒理由不把她給搶回來。

在後來的日子裡，奧杰無視韓紹的存在，開始無微不至地照料倪樂。倪樂曉得他的把戲，晨間早餐，出差接送，偶爾出現在倪樂辦公桌上的茶點，加班時送來的倪樂愛喝的微糖珍奶，以及倪樂生理期時的熱巧克力，所有的舉止在在表現著他對倪樂的瞭若指掌，無論是倪樂的飲食喜好，或是倪樂的生理週期，奧杰都清楚明白。

倪樂曉得韓紹對奧杰所做的這一切都感到危險，韓紹開始跳腳，多次鬧脾氣地向倪樂抱怨。他會拿起奧杰放在她桌上的熱飲。「不要喝！還是妳其實就想要他給的東西？嗯？」他會這般小孩子脾氣地在辦公室大小聲，倪樂簡直不敢置信，這種事情並不需要鬧到影響同事。

「你夠了，我沒有要求他這樣做，你在意的話拿去倒掉就好了。」倪樂握住韓紹的手，壓低聲音：「我沒有想要他給我什麼，我只要你就好了。你不要胡思亂想。」

不要胡思亂想。

可這所有人都曉得，那是不可能的。

倪樂想，或許韓紹在這一切面前是自卑的，韓紹像隻熱鍋上的螞蟻，跳來跳去還是燒得腳底焦黑，一旦猜疑有了開端，就沒有止息。

「奧杰，你別再送東西給我了，韓紹快被你氣瘋了！他現在一天到晚疑神疑鬼，只要出現在我桌上的東西都以為是你送的，害我每個東西都要回想起來那是怎麼來的、是不是我自己買的、我又是幾年幾月在什麼狀況下買的，我為了證明那些東西和你無關，已經解釋到我也快瘋掉了！你得停止！」

一天，倪樂在公司走廊遇上迎面而來的奧杰時，鄭重地表態。然而一臉激動的倪樂，卻只換來奧杰痞模痞樣的笑臉。

「送不送東西給妳是我的自由，就像收不收也是妳的自由，我知道我給妳的東西大部分都被扔了，我對這完全沒意見，妳就繼續丟吧，我從來不會要妳勉強收下。所以啊，我沒逼妳接受我的照顧，妳憑什麼逼我不給妳照顧？妳的小男朋友有能力的話，應該要把妳照顧到沒有我出場的餘地，而不是用這些來造成妳的負擔。」

「你真的是一堆鬼邏輯！」

倪樂氣得牙癢，恨不得把他揉成一團。她雙手隔空做出揉紙團的動作，這樣有失氣質的舉動並不是公司裡倪樂高冷的一貫形象，於是當韓紹撞見這一幕，醋意立刻又飆漲起來。

他愛慕的倪姊——不、他的女朋友，他的女朋友老是只在那人面前顯露小女孩的一面。

這一刻，相比先前的任何一刻，更讓韓紹難堪。

韓紹轉身離開現場，倪樂瞄見男友的身影，趕緊推開奧杰追了上去。

「韓紹！」

她追上前拉住韓紹的衣袖，卻只見韓紹擺出一副鎮定的微笑。

「怎麼了？還用跑的。」他變得泰然自若，一隻手撥攏她因奔跑凌亂的髮絲，甚至往奧杰的方向看了一眼。「沒事的，你們只是在說話，我沒有不高興。」

「可是……」

「好了，我還要準備下午開會的資料，下午兩點出發，要記得喔。」

倪樂看著韓紹平靜到詭譎的面容，還想深問些以確認真的沒事，可躊躇了會兒，她還是只能吐出一個字：「好。」

她總覺得到了這一步，似乎再也無法說什麼來挽回他們之間的信任。

她回過頭，與不遠處的奧杰四目交接。

她的過去絆倒了她的現在，她想要好好努力的。

真的想要好好努力的。

她想要好好的往前走，能夠不再被奧杰牽著鼻子，能夠好好愛著一個和自己一樣深信未來的人。

她想要好好的過她能控制的人生，能夠真的愛上另一個人，也就能夠真心尊重奧杰不婚的決定，而不傷感。

而不遺憾。

她想要好好努力的。

可是到頭來，也許只有努力，是不夠的。

自那一天開始，韓紹變得陰陽怪氣，倪樂試著試探，卻得到韓紹一貫的回應：「我奇怪？沒有呀，我哪裡奇怪？」

倪樂知道，那副完全不正視倪樂質疑的態度，才真的非常奇怪。

更奇怪的，是在那後來的一個月。一個月內，倪樂察覺了一個跡象，她準備拿下的客戶，十之八九都被另一組人馬搶先，起初她以為是那一組搭檔中較為資深的男同事有了門路，急起直追，可目標客戶的重疊率太高，她不得不起疑。

一日午間，倪樂挑了辦公室人潮稀少的時段找上那位男同事，男同事身高驚人，可身形福態，他擠著雙下巴垂視著上前質問的倪樂。

「我用什麼方法搶妳的目標客戶？妳在說什麼。」他皺起眉，感到被侮辱地忿忿不平了起來。「我連妳想拿下哪個客戶都不知道，更何況，妳都還沒拿下，怎麼好意思說我是『搶』？」

「好，不是搶。那你告訴我，你這個月都是怎麼決定客戶名單的？」

「這關妳什麼事啊？妳不要以為妳一度是業績金榜就可以血口噴人。我和徐妡可是靠實力拿下那些客戶的，徐妡就是有找到好客戶的精準眼光，而且她那個說服客戶的報表能力啊……嘖嘖，不得了。」

「徐妡？今年新進公司的那個徐妡？」

「對啊，她最近幾個月和我搭檔，風生水起啊。那小姑娘有一手。」他挑了下眉，笑著瞥視表情慢慢變得難看的倪樂。「妳就認了吧。長江後浪推前浪，與其花這時間來質疑我，還不如回去加點油，想辦法別死在沙灘上。」

然而倪樂壓根無法聽進他的任何酸言酸語，她的腦子高速運轉，想起過去一個月，每當她將自己做好的數據報表發給韓紹，韓紹都把後續約見客戶的時間拉得超過一週。他的理由拙劣，聲稱從可信度角度出發，倪樂做的這些報表的趨勢風向還需要一週時間印證、需要重複觀察市場，確認沒問題再拿著這些趨勢報告向客戶提出最有說服力的方案，到時才能談到最好的價錢。

韓紹為什麼拖時間？

倪樂的第六感警鈴大響，也不管面前的男同事還在滔滔不絕，旋即跑向韓紹的辦公座位。

看見那座位上沒人，環視一圈，也沒有韓紹的蹤影；她拿出手機撥號，韓紹的手機卻立刻轉進語音信箱。

不是吧，難道韓紹真的懷恨於她？恨到要把她的報表私下賣給別的業務？可是，又為什麼是賣給徐妡？

甚至，是用賣的嗎？他們從什麼時候開始搭上線的？

他們是什麼關係？

倪樂滿腦子問句，混亂之餘，她焦躁地喊住從旁經過的女同事，問道：「妳有看到韓紹嗎？」

「韓紹？」女同事歪著頭，沉吟了一聲：「剛剛好像有看到他拿著文件要去複印……可能在影印室？」

文件？

影印？

認真的嗎？

倪樂隨即向她道謝，快步走到了公司的影印室。未料裡頭擠了四個捧著資料等著影印的男女——沒一個是韓紹。一問之下，裡頭排隊的同事說了有看見韓紹。

「我最先進來的，韓紹看到我之後就說他有大量的資料要印，他說，那他去之前的舊影印室好了。」其中一位熱心的中年女同事告訴她：「他說因為他會用一段時間，就請我跟之後來的人說排這邊就好，怕排他那邊要等更久。」

「好，我知道了。」

她知道了。

那一刻，她知道了很多事情。

她知道她和奧杰之間，深深傷害了韓紹，那些若有似無、有意或無意的情感殘留，那些她努力扼殺，卻怎麼也死不透的過往，如同鬼魅，侵蝕著她和韓紹。

而她竟然無能為力。

這一刻她眼神空洞地來到公司的管理人員面前，胡謅了個理由，借到了舊影印室的鑰匙。

她捏著鑰匙打開了舊影印室的門。

這一刻她理應反省，她的反應，卻是推卸責任。

「什麼陪我一輩子，都是屁話，是嗎？」

倪樂知道自己並不清白，即便做到了避開奧杰，卻做不到斷絕。可對於眼前上演的畫面，她只是氣憤得什麼也無法細想，沒法冷靜地想個明白。

事到如今，是因為她沒能更好的處理奧杰的殷勤、不斷忽略韓紹的悲傷。韓紹的悲傷變作失落，失落變作失望，失望變作孤寂，而孤寂會變作什麼呢？

當倪樂在舊影印室看見衣衫不整的徐妡被壓在韓紹身下時，她就明白了，孤寂能變作某種殘忍的東西。

她握著鑰匙發抖，指著急忙從地上坐起的、半裸的徐妡，問向臉色發白、急著穿好褲子的韓紹：「多久了？」

韓紹一張嘴開開合合，踉蹌地走到倪樂面前，抓上她的肩時，卻半句話也不會說了。

「多久了！」倪樂歇斯底里起來，淚水潸然滑下她精緻的臉頰。一向高傲的倪樂完全無法原諒這般羞辱的場面，與其是無法接受情人出軌，更多的，是無法接受這彷彿被比下去的態勢。

徐妡有什麼？

徐妡哪裡比得過她了？

倪樂瞪向一臉手足無措、忙著扣起襯衫的徐妡，對方在對上她的目光時立刻別開了臉，蓬亂的頭髮遮住她一半的面孔。

「對、對不起……」徐妡懦著聲音道歉，連忙從地上起身，她的手甚至在這種狀況下，還伸向印表機試圖拿印好的資料。

倪樂當場就爆發了。

「拿過來！」倪樂甩上了門，逕自從徐妡手上搶下那疊文件。只需一秒，倪樂就認出那是她昨天才發給韓紹的數據圖表。第二秒，倪樂直接捏著整份文件朝徐妡的臉招呼過去。「要不要臉啊妳！拿別人的心血去談生意，很好意思啊！哈？不覺得羞恥我都替妳感到丟臉！」

倪樂邊罵，氣得抬起手。

「倪樂！」

韓紹的喝止聲混雜在徐妡的驚叫中，那一聲稱得上喝斥的喝止，讓倪樂一瞬間就明白，眼前看似柔弱的少女，才是韓紹更加心疼的。

倪樂震驚地放下手，然後那令人心寒的事實，具象化成了肉眼可見的一幕，倪樂目睹韓紹是怎麼上前查看少女的臉頰，關心有沒有被紙劃傷了哪，少女梨花帶雨的搖搖頭，嗚咽得說不清一句話。

哇。

真噁心啊。

怎麼，她這下還成了反派角色不成？

就在倪樂瞠目結舌地望著這一切時，韓紹突然轉身逼近倪樂，臉上竟是一副惱怒，一張口就是指責。

「有什麼就衝著我，幹什麼動手！妳的資料也是我自願給她的，她很認真很上進，很崇拜妳！她只是想學習！我讓她參考妳的資料，但她從來沒有拿妳的東西去給客戶，她是研讀之後用自己的方法去分析報表、用自己的方法拉客戶的！」

倪樂近距離看著那張憤怒的臉，覺得無比荒謬，荒謬到她忽然就諷刺地笑了出來。她提高下頷，睥睨著他。

「哦？什麼方法？你剛才體驗的那種嗎？」

韓紹聽得氣結，又立刻忍了下來。

「倪樂，聽著。是我不好，我承認我移情別戀，在妳面前我無能，可是在徐蚚面前不一樣，我愛徐蚚，她不會讓我覺得自己永遠低誰一截……妳知道我指的是什麼。」韓紹低下臉，痛苦的皺起眉。「這不是在說那就是妳的錯，雖然妳也不是都沒有錯，但我承認、是我不該背著妳做這種事，我應該先和妳提分手，只是我不知道怎麼跟妳開口，我——」

啪！

倪樂一巴掌甩過去，韓紹一側臉頰麻得幾乎失去知覺。

韓紹痛得泛出生理淚，望回倪樂。

「我還沒說完，我——」

啪！

又是一巴掌，同一個地方，力道大得一旁的徐蚚尖叫出聲。

韓紹痛得眼尾掉出一滴淚，張口還想說話，**啪！**又迎來倪樂一巴掌。

徐蚚急得哭了，趕緊擋在韓紹面前求情。

「好、好，他不說話了！他不——」

啪！

第一次
不愛你
就上手

to unlove
you

Dare to unlove you

【第七章】

山羊與鹿

"Because of you."
"The answer is you."

那一年，倪樂撞見韓紹與徐炘親熱，當天下午便向上司申請調換搭檔，上司看倪樂眼睛泛紅的憋屈模樣，以為是倪樂替不成材的韓紹收拾殘局這麼久，終於撐不住了。

「怎麼？韓紹又闖禍了嗎？」

坐在高背辦公椅的中年男性上司露出同情的眼神，倪樂畢竟曾是業績榜首，早就建立了榮譽感，可拉拔新人的這段時間，明顯讓她的個人成績節節下滑，也難怪她會接受不了。

「我知道韓紹這人還有很大的進步空間，我會約談他，瞭解他的狀況再做決定，在這之前，妳先告訴我妳想更換搭檔的原因。」

「他背著我，外流我手上的資料。我無法和這樣動機不純的人合作。」

「外流？」

上司聽見這詞立刻敏感起來，倪樂這才意識到自己用詞不當，隨即補充：

「不是外流給其他鞋廠，是給了公司內部其他業務。」

「繼續說。」

上司雖鬆了口氣，卻也無法認同這樣卑劣的行為。聽完倪樂的陳述，當天下午他就叫上其他主管及人資，一同與當事人面談，他們證實了韓紹的行為，也聯繫了一個月以來徐炘接洽的廠商。那些客戶拿到的報表確實不是倪樂的原版資料，但韓紹這種背地裡輸送他人文件的情事實屬不當，倪樂冷靜下來後，確定接下來等著韓紹的，勢必會是一定程度的懲處。

在會談室裡，倪樂望著韓紹那張稚氣未脫的臉在燈光下顯得慘白，一下子她就明白，那些公道，那些譴責，其實壓根也不是她的重點。

最後由倪樂表態，雙方選擇了和解，對於韓紹的罰則，從輕解決。

上司同意了倪樂拆夥的要求，將倪樂安排給她的老搭檔，奧杰。

「奧杰的搭檔最近剛好提離職，之後妳就重新和奧杰一組，這段時間妳精神壓力也大，和他一組妳省事點。」

倪樂低著杏眸思索了下，頭輕輕點了點，不著痕跡地、浮起了笑靨。

這何止省事，還省心了。

那些公眾對韓紹的唾棄與責罵，並不是倪樂要的重點，她要的，是於公於私徹底的輾壓他。

他得在離她夠近的地方，受到該有的折磨。

倪樂開始與奧杰一一拿下市場上的大品牌與潛力股，他們開發的鞋款走在時尚尖端，項目不僅涉足運動品牌，還深入到百貨公司多款的專櫃女鞋，高檔品質與細節設計受到廠商肯定，顧客忠誠度鎖定得穩，屬於他們的黃金時代正式展開，他們開始輪流擔當個人業績TOP1，並開始蟬聯雙人戰績榜首。

接著，他們不僅對手上的案子得心應手，甚至開始揀選其他業務應付不來的客戶，只要其他業務沒在時限裡拿下單子，他們就會在上司的默許下，暗地接觸那些廠商，攔截起來承辦。

而很顯然，倪樂最喜歡攔截的，就是韓紹與徐炘的單。

不，這不是報復。倪樂堅稱，套一句上司的說法，這叫做全方面的讓他們瞭解自己有「多大的進步空間」。

於是隨著倪樂與奧杰一次又一次的完美配合，完成了一次又一次的大單，上司樂得滿意，並不在乎其他業務不滿。上司管這叫「公司同事間拔刀相助」，而確實，時間一久，其他業務組合也紛紛感謝起那對黃金拍檔，在最頭痛的時候搶走那些棘手的訂單。

除了韓紹。

每當看見心高氣盛的韓紹絞盡腦汁的想留住手上的訂單，倪樂就心情愉快。倪樂想，與奧杰重新搭檔，定是老天給她最好的良藥。

然而——

季節兜轉，這會兒，倪樂又一次來到上司面前。

這一次她提出的要求又是更換搭檔，而對象，變成了奧杰。

「什麼？為什麼？這次又出什麼問題了？」

上司一臉吃驚，憑他對奧杰的瞭解，論人品、論能力，奧杰絕不是需要偷竊他人文件才能出頭的人，性格也絕不陰險，更不愚昧，這樣好的人，配上倪樂的大數據能力，簡直如虎添翼，奧杰不可能做那些暗算倪樂的事。

所以還能有什麼差池？

上司對倪樂這一次的要求存疑，第一直覺就是不給拆，況且金榜加金榜等於數不完的業績，這金榜拆夥豈不是世界末日！

這一切倪樂也心裡清楚，於是對於上司的詢問，她垂眸沉默了。她知道這當中如果沒有足夠的理由，他是不可能同意他們拆夥的。

偏偏她的理由於她而言嚴重，於他人而言，卻是那麼薄弱。

「倪樂？」

上司催促性質的輕喊，她眉間抽動，事已至此，她起碼得試一次。

倪樂抬起漆黑的雙眼，面色堅決。「私人因素，還望諒解。」

上司聽著不說話了。

他雙手交握，放上氣派的實木辦公桌，透過厚厚的眼鏡看著倪樂，她站得直挺，那眼神寒涼得像是把整間個人辦公室都給降溫了。

見她並不打算多說，上司語重心長地嘆了口氣。

「我說倪樂，我聽說妳和奧杰前天在酒會的時候吵了起來，同事們都在傳你們在公司樓梯間大小聲，談話內容沒人聽得清楚，但我想你們都是專業素養高的人，會爭吵，多半是工作以外的事。妳也說了，是私人因素。既然如此，我就不可能為此批准你們拆夥。」

「為什麼？人都能因為自己私人的生涯規劃離職了，難道你不認為私人因素足以破壞一對搭檔的和諧嗎？沒了和諧就沒了默契，沒了默契就沒了業績，這不嚴重嗎？」

倪樂說的不無道理，可上司鐵了心不讓拆。倪樂完全料得到結果，說到底，就是他們手上委製的鉅額賺頭，不可能讓長官讓步。

「這樣吧，處理完這一季鞋款，我就申請轉調。」

「什麼？」上司不敢相信自己聽見了什麼，瞪大了眼。「轉調？妳要調到什麼單位？應該說，什麼單位比現在的業務職更適合妳？」

「老大，虧你面試我進來的，我是資訊科背景，當然適合在資訊部門。」

「但事實是，妳在業務部發揮得很好。非常好。」

「意思是不讓我轉調了？」

「對。我不可能把妳這麼好的業務丟到資訊部門當基層，妳畢竟在我們公司只做過業務，也不可能讓妳一調動過去就當主管，落人口舌。」

「這些道理我都懂，我不介意過去從低層做起。當初做業務我也只是個小職員，你知道我的，我會自己想辦法爬升。」

「倪樂。」上司露出困擾的表情，摘下眼鏡揉捏了下鼻梁。「不要跟我爭辯，沒有好處。」

當上司板起容顏戴回眼鏡，倪樂就知道，談判破裂。

「我知道了，打擾了。」

破局收場。

倪樂戴起笑臉，欠身離開。

＊

當倪樂回到開放式的辦公空間，發現走道上聚集了三、四位陌生面孔，當中只有一位倪樂認得，那是前天在酒會上遇見的薛小姐。

法務組薛小姐踩著一雙七公分的鑲鑽跟鞋站在一位女性業務身邊，那是坐在倪樂右前方座位的依艾，比倪樂年紀再大一些，做事求穩不求快，是倪樂欣賞的同事之一。

「怎麼了？發生什麼事了嗎？薛組長。」倪樂站在自己的座位上，與恰巧轉頭望過來的薛小姐對上視線。她指了指圍繞在薛小姐身邊的幾位法務組同仁。

「陣仗這麼大。」

薛小姐揚起職業微笑。「沒什麼，就是帶幾個新人過來見習。你們業務部繳過來的某份合約有點問題，有些數字被擅自修改了，我們過來初步瞭解一下。」

擅自修改？

倪樂蹙起眉，據倪樂對依芠的瞭解，她不應該是為達目的不擇手段的個性。此時的依芠則低著頭翻找紙面資料，時不時操作電腦，點出與客戶來回協商的信件作為佐證。

她並不認為依芠會冒這種風險，可當她瞄見一旁經過的韓紹時，又不禁想，曾何幾時，她何嘗不是信任著韓紹；將報表交給他的那些時刻，她都是那麼相信韓紹不會做出任何背叛。

——到躺進棺材前，那些還沒做到永遠愛一個人的「意思表示者」，都只是滿口漂亮話的騙子。

倪樂想起奧杰前天說過的論點，在酒會的會場外，那盞水晶燈下，她對於他的思想是那麼推拒，可或許在她的認知深處，她是動搖的。她知道這個世界上可能沒有永遠。

沒有永遠的忠誠，永遠的盡責，甚至，永遠的愛。

可是她的身體，她的腦，還有她的心臟，都不能接受這種可能，像是醫學上的移植排斥，她的身心並不能承受那樣的事實嵌進她的身體。

倪樂低下眼簾，就在她思索著這一切與自己近日的亂套時，她察覺周遭投來了異樣眼光，倪樂正煩躁著，那些八卦的眼神簡直火上澆油，聽得見他們竊竊私語著，那不是前幾天……

「對，我就是前幾天和搭檔在樓梯間吵架的那位，怎麼了嗎？有什麼需要跟你們報告的嗎？」

倪樂側過身問向聚集在依艾座位旁的年輕同仁，她的問聲細柔，笑容可掬得如同她一直以來對待客戶的模樣，卻讓那群社會新鮮人寒毛直豎，連忙別開了臉，各個把注意力放回仍在試圖證明自身清白、一臉焦慮的依艾身上。

薛小姐對於倪樂如此尖銳的態度感到不悅，為自己的屬下出氣般，瞥向了倪樂。

「不需要這樣吧，倪小姐。」薛小姐雙手交抱在胸前，上下掃了倪樂一眼。「容我提醒，把私人情緒帶到職場並不適當。成熟一點，妳這種樣子也難怪奧杰會和妳鬧矛盾。」

倪樂聽了簡直想笑。

「可以不要三兩句就繞回那件破事嗎，薛組長。還是妳想談談，那天酒會妳為什麼想私下約奧杰吃晚餐？」

倪樂刻意提高音量，讓對外總一副高高在上模樣的薛小姐瞬間臉色刷白。她瞪著一臉狡黠的倪樂，正想回擊，門口就傳來一陣喧譁。

她們順著動靜望過去，只見奧杰朝她們逕直走來，步伐不疾不徐，含笑的面色不慌不忙。

「不好意思，打擾你們談話。」奧杰站定在倪樂身旁，語調溫和地對薛小姐頷首。「我聽說法務組的人來了，也聽說我們部門出了點小問題需要貴單位支援，辛苦了。你們忙，我只是來找倪樂而已。」

奧杰隻手搭上倪樂的肩，湊近倪樂的耳邊低語：「想和我拆夥，妳找死啊。」倪樂睨了他一眼，只見他臉上仍是毫無波瀾的有禮笑容，這一貫的表裡不一，讓她下意識也戴起了對外的溫和笑臉。

「有事討論是嗎，出去聊吧。」倪樂收斂了方才刺人的火藥味，給面子地應和奧杰後，轉而向薛小姐微微一笑。「抱歉，先失陪，希望問題迎刃而解。」

薛小姐一滯，沒來得及說些什麼，就看見倪樂率先走出了辦公室。周圍默默關注他們對話的同事同時意識到，倪樂這絲毫沒等奧杰的行為，是明顯對奧杰賭氣了。

一瞬間，所有好奇的目光都集中到了奧杰身上。他們畢竟是公司裡的紅人，一舉一動難免被放大檢視，作為茶餘飯後的餘興話題。

然而奧杰滿不在乎那些飽含揣測的注視，只直勾勾地望著倪樂消失的方向，臉上輕淺的笑意依舊，眼神卻像在評估些什麼。

他曉得她的倔脾氣又犯了，光想著該如何治她，心情就不由得毛躁起來，笑容變得陰暗。一旁的薛小姐看得一愣，這是她第一次看見奧杰這一面，也是現場所有人第一次發現、他們眼中的完美紳士似乎帶著一副利爪。可當奧杰對著他們微笑道別，他們又立刻覺得剛才的應該是自己的錯覺。

「告辭。」

「啊、好的。」

薛小姐回過神來頷首致意，同仁則各個戰戰兢兢地收斂了八卦的目光，直至奧杰轉身也走出大門、搭上電梯，他們才宛如得以呼吸，各個鬆開肩頸面面相覷。

不愧是專業業務，連吵架也可以和顏悅色得讓人窒息。

＊

「倪樂，停下。」

奧杰看著走在前頭的倪樂步伐漸快，終於在公司中庭追上前、拉住倪樂的手腕，硬是將她轉過身。

倪樂抬頭對上他的目光，倔氣的雙眼是一片汪洋。

「倪樂……」

「我受夠了。」

她試圖撥開奧杰抓在她腕上的手，卻反被奧杰抓著扯近一步。倪樂弓著身子像隻弓背的貓，忿忿地瞪視一臉凝重的奧杰。

「放開我。我不是你的玩具，我有自己的選擇。」

「妳要選擇什麼？離開我？還是用換搭檔的手段報復我，就像當年妳想報復韓紹一樣？」奧杰逼視著倪樂，語氣冷硬：「我都聽說了，老大說妳去找他談和我拆夥的事。倪樂，我不是韓紹，我沒有對不起妳，妳憑什麼這樣對我？」

迎著奧杰不甘的眼神，倪樂的眼眶溼熱泛紅，努力不讓淚水掉下的神態倔強得不可思議。

她知道的。

她知道他從來就和她生命裡的其他人，都不一樣。

「我知道你沒有對不起我，我甚至不用你對我負責。」倪樂的聲音顫抖，像是在壓抑快要氾濫的情緒。她說：「我知道我們這些年陪伴對方，相處起來自由自在的，好像往後一年、兩年、二十年、五十年我們都可以維持這個樣子，我們那麼尊重彼此，我尊重你不結婚，你尊重我因為想結婚所以不和你這樣的人交往，我知道你從來沒有限制過我，可是——」

可是啊。

親愛的奧杰。

「可是我已經被你限制了。我沒有辦法選擇。只要你還會觸碰我、用那種疑似要愛我的眼神看我，我就沒有辦法選擇不去在意你。我每天都像在一個看不見的牢籠裡，不管我逃到哪裡，不管我用什麼方式，我都沒有辦法克制自己。」

只要有關你。

「只要事情有關於你、牽涉到你，或者，讓我聯想到你，我就會失常。」倪樂調開視線，露出困窘至極的表情。「就像剛才在辦公室裡，明明我該更鎮定的去幫忙依艾，或相反，擺出事不關己的態度明哲保身，不管哪一種反應都好過情緒失控，就因為我想到你說過的話、你的那些大道理。」

你的思想，你的做法，你的人——

「我的注意力已經被你綁架了，尤其在你身邊，在當你搭檔的這段時間，這種症狀只是越來越嚴重！從前我甚至偷偷調查每一個你獨自接洽的客戶，那些窗口他們是男是女？幾歲了？優秀嗎？你可不可能對對方感興趣？我知道這都是在浪費時間，不是我調查得夠徹底你就不會愛上別人，也不是不去調查，你就會愛上別人，我知道！」

我都知道啊，奧杰。

「我知道那些我花來在意這些事的時間，都夠我再去開發更多客戶了，也知道我該停止，適可而止，可是我沒有辦法！」我沒有辦法控制自己。倪樂略微沙啞地說：「我失控太多次了，而這甚至不是你的錯，是我的問題，我沒有辦法不去在乎你。」

倪樂深深呼吸，閉上眼睛。

「我這麼在乎你。」她喃喃的嗓音，像是棉花被一點一點撕碎的細碎聲響。她睜開雙眼，眼底只有一片冰封的海。

我這麼在乎你。她說著，不由得笑了。

「我卻要假裝不在乎你。」她笑起自己，笑得苦澀。「我很努力了，這些年，我真的很努力當個不緊迫盯人、讓人沉重的女孩子。我這麼在乎你，卻要不在乎你。因為我可笑的自尊心，我沒有辦法不去說謊。」

倪樂笑彎的眼落下連串的淚水，她覺得她就像曾在課桌上塗鴉過的那隻水獺，為了傲氣地讓奧杰更舒適地待在她身邊，她沒有辦法不去學游泳。

沒有辦法不去學說謊。

「而你會說，那就別說謊了，既然在乎我，那我們就交往吧，就算未來有一天會無可避免的分開，但至少我們這一刻需要彼此，那我們就在一起，對嗎？」

可是奧杰。

奧杰就像她曾在冊子裡畫出的犀牛，日復一日，還是不明白。

怎麼就不明白。

她就跟那隻害怕結束的狐狸一樣，是沒有辦法開始的。

「你會告訴我，人跟人之間本來就是供需雙方的關係，可能會是一段你情我願的交易，也可能全盤皆輸，互相傷害，然後離開，這都在所難免。」

可是。

「可是我真的很抱歉，奧杰。我沒有辦法認同，因為我永遠也沒辦法準備好看到你離開。我沒有辦法接受結束，因為已經開始了。」她伸出一隻手，輕碰奧杰的臉。因為已經有了最初的模樣。她說：「沒救了。太遲了。」

「倪樂……」奧杰輕輕握上她撫在他臉上的手，側著臉親吻她冰涼的指尖。

他沉著嗓音，告訴她：「別悲觀。」

倪樂搖搖頭，緩地抽回自己的手。

「從頭到尾悲觀的是你。」她斂下眼。

——每次談感情，你都沒想過和眼前的人過一輩子？

她想起那天清晨她是如何問出這一句話，又是如何目睹他露出理所當然的表情。

「你不相信永遠，代表你相信總有分離的一天。」倪樂重新望上奧杰，眼底有著遺憾的色彩。她說：「既然總有一天要分離，那對我而言就不可以有開始，可是……」

可是什麼也來不及了。

「你已經讓我知道什麼叫幸福。沒有救了。沒有最開始的笑容，分離時，才不會有悲傷。」她的嗓音微顫，像是一擊即碎。「所以，你知道嗎？」

你知道嗎，親愛的奧杰。

電影的最後
蘿絲沉眠
鏡頭拍攝了沉船　然後夾板　然後船艙的走廊
船的窗明亮起來　地面的木板乾淨如新

「在我看過的那麼多故事裡，最後讓人落淚的，從來就不是如何告別。」倪樂抬頭看著眉頭深鎖的奧杰，盈滿眼淚的雙眼映著天光。她微笑著掉下淚水，說道。

「讓人落淚的，是最開始的我們，如何幸福。」

一切

全部回到最初的模樣

於是。

倪樂如同那隻冊頁裡的狐狸，被一次又一次的幸福，嚇得退縮。就像那隻懼怕失敗的老鼠，從實驗室落荒而逃，逃回森林，卻又開始害怕會傷害她最親近、最懂得她的啄木鳥。

我不想傷害你。

我那麼愛你。

「奧杰，我想要好好的對待你，所以我一直摸索，想用最好的方式待在你身邊。我知道你是願賭服輸的人，就像你曾經和那些女生交往，你賭上一些時間去達成你所謂的『供需』，就算最後輸掉那份關係也無所謂，你會再找到下一個供需，你會若無其事的繼續往前。可是我對你不是這樣的，就像我前天告訴過你的，我沒有辦法輸掉你，否則所有的幸福，都會變成悲傷的原因。我沒有辦法輸掉你。」

我沒有辦法輸掉你。

倪樂低下臉，不斷重述的時候，她看見自己的淚水連綿滴落，砸在她和他相對的腳尖。

她花了那麼多年遇上方立洋、遇上韓紹，才終於意識到原來敲開衣櫃的鎖，來到她身邊的人，只能是奧杰。

在一片終於明亮的櫃子深處，抱著她、陪伴她一輩子的，並不是誰都可以。當意識到這一切，一切就變得太過險峻。

倪樂終於還是哭得聲音微顫，她眨下一道道淚水，在灼烈的日光下蹙起眉。她抬起臉，對著奧杰笑得燦爛。

「我很愛你，奧杰。」

這是每一次倒數三的時候，倪樂需要忘記的事。

——我很愛你。

很愛你，於是未來，就像一把架在我咽喉上的刀。

而我那麼怕死，那麼怕痛。

如果。

如果你沒有我想像中的愛我。

如果。

如果未來陪伴你一生的，不一定是我。

那麼刀子，會怎麼切割我呢？

「奧杰，我不知道該怎麼做。」倪樂坦然望著眉頭深鎖的奧杰，她纖長的眼睫沾著零星的淚點。

那些吃進身體裡、嚐起來那麼好的零食，在美麗的外盒底下，為什麼要打上有效日期呢？

總有一天會壞掉的東西，真是讓人害怕啊。

風吹過來，倪樂栗色的長髮掃過她標緻的臉頰。奧杰神色凝重，伸手將她凌亂的髮絲勾上一側的耳。這樣下意識的舉止，讓倪樂想起他們第一次的越界，那天陽光灑下，在那如同受詛咒的屋房中，紅色的鐵門前，奧杰也如此細心地將倪樂披散的髮仔細勾上她的耳。

那是她第一次，決定將他們的越線視為一場夢境。這彷彿自我保護，又像是報復心態的機制，讓倪樂對自己感到無奈，卻無能為力。

「我一直用我的標準去衡量任何事，你沒有辦法像我一樣給出承諾，我就認定你沒有像我愛你一樣愛我，這讓我從無奈慢慢變得生氣。我很生氣，即使我明白每個人愛的方式不同，即使我真的明白、真的明白你把我放在心上，我還是……」

奧杰聽得咬牙，終於按捺不住地一下子吻上了倪樂，他粗野地捧著她的臉，吞嚥她未完的話語。他以咬噬、蠶食的姿態深深親吻，吻得倪樂仰面掙扎，就連喘息也沒有間隙。

倪樂被奧杰吻得幾近缺氧，倪樂捶敲在他胸口的拳頭漸漸虛弱。她的淚水不住滑下，滑進了他們繾綣交纏的唇瓣。

這道吻，鹹澀得不像話。

「我聽不下去了，倪樂。」奧杰抵在她唇上低語：「在我聽來，都是些膽小鬼的發言，真沒營養。」

「什……你才膽小！」

倪樂下意識回駁，奧杰則被這一記氣極敗壞的迴旋鏢駁得一怔，忽地笑起來。

「也是。」奧杰垂首，與她額際相碰。「我很怕妳被傷害，很怕妳『被我』傷害。我確實認為這一刻我們需要彼此就在一起，我也希望我們能每一刻都需要彼此，如果哪一天我做錯了，妳隨時都能離開，因為是妳，所以我能忽略我們在一起的時限，妳明白嗎？」

奧杰的言論讓倪樂怔然，彷彿小男孩捧著一盒美好的零食，說它總有一天會壞，可他會忽視盒子底下印著的有效日期。

「我只希望妳打從心裡感到開心，要是哪一天，妳開心的理由已經不是我了，那也沒有關係，請妳告訴我這件事，我會放開妳、讓妳去能夠讓妳安心愉快的人身邊。我要妳知道，我會放手，絕對、永遠，不會是因為不夠愛妳，而是因為妳，無論我們有沒有交往、有沒有結婚，我都一樣愛妳，都一樣希望妳能快樂。我們之間的感情狀態不會改變這件事，這樣妳懂嗎？」

「不行，我不懂。」倪樂知道自己這是為反對而反對了，她更明白奧杰說的不無道理、那確實是奧杰一直以來的行事邏輯，但她無法自制地感到荒謬。「既然有沒有交往有沒有結婚都不會改變你對我的愛，那我們就結婚啊！」

話一出，他們雙雙愣住了。

倪樂打娘胎都沒想過自己會用祈使句求婚。

她回過神，手忙腳亂地想辯解：「不是、我的意思是……」

「倪樂，聽好。」奧杰雙手抓上她的肩。「不結婚不是逃避責任，不結婚我一樣全心愛妳，也一樣會承擔該承擔的。我要妳知道，在我看來，結婚很明顯是個巨大變化，我們完全沒有必要去接這種穩賠的局。」

「變化？穩賠？天啊，你在說什麼！」

「我在說的是一旦結婚，我們做的考量就會開始從『兩個人』，變成『兩家的人』，我們會開始去平衡兩家的觀念，那些分歧啊、讓步啊，妳以為很簡單嗎？我們會開始動不動就吵架，妳覺得這對我們之間有幫助？倪樂，結婚就像一面牆，我們每一次因為這面牆吵架的時候就等於開車踩油門撞上去，一撞，再撞，妳以為車上的我們能活多久？既然知道這樣巨大的變化是什麼原因造成的，不去避開的話，不就太笨了嗎？」

「笨？」倪樂雙手握住他的手腕。「這叫相信！相信我們能克服你說的巨大變化！」

「我不要和妳有變化！」

「這由不得你！」倪樂倔強的目光在樹影搖晃下閃閃爍爍。「結婚永遠都不會是『穩賠』的局，就像你曾經說過世界上沒有穩贏的局，這是一樣的意思。我承認我們不可能沒有風險，可是我們也不是絕對會有風險！」

奧杰聽著不禁情緒激動，將倪樂使力抱入懷裡。

他的臉埋在她柔軟的髮間，她身上的清香令他不捨地皺緊眉間。

「我知道。妳說的我都明白，可能我也能夠理解，可是……」奧杰沉著嗓子，按在倪樂背脊的雙手緊了一緊。「可是倪樂，我不想這麼快失去妳。」

是啊。

世界上，沒有穩贏的生意。

如果婚姻加速了失敗的到來——

「我沒有辦法。」奧杰蹙著眉，閉上眼睛。「我沒有辦法。我知道有一天我們可能會因為任何原因失去對方，就像妳說的，我相信分離是必然的。而我可以在那之前忽略我們『在一起』這件事終歸有一個期限，可是倪樂，我不想這麼快失去妳。我沒有辦法。」

透過衣料，倪樂感受著奧杰炙熱的體溫，與擁著她的那雙手，是帶著如何壓抑的微顫。

——我沒有辦法。

她默念著他的話語，想起自己這十三年以來的執拗，只是沒有辦法接受他們終將告別。

倪樂知道，他和她到頭來，不過是害怕同樣的事。

可惜他們阻止恐懼的方法，始終相反。

——就結婚啊！

——結婚很明顯就是個巨大變化，我們完全沒有必要去接這種穩賠的局。

倪樂低下臉，緩緩地、使勁地推開奧杰，奧杰低著眸子，看不見倪樂幽黑的雙眼。

「對不起，奧杰。你說的，我都明白。」

每一句，都明白。

「我也曾經不斷用我的方法逃避，可是我……站在你面前的，現在的我，已經想通了。」倪樂抬起頭，深深地望入奧杰漸漸溼潤的眼。「我想要這場賭局。我不想兜圈子了，我只要你。」

我只要你。

「我已經不想用其他人來模糊我對你的執著了，我確實曾經為了不愛你而去愛那些人。我打心裡相信我是真的愛過他們，就像你也打心裡真的認為你是對的。你為了愛我，而不給我承諾，因為『承諾』毀過太多東西，你和我都親眼見過。可是奧杰，這樣真的健康嗎？」

這樣的愛，真的健康嗎？

「我覺得我們需要時間好好想想。」倪樂將他的手由自己肩上移開，她微笑著湊近他的臉，雙手撫上他些許粗糙的臉頰，嗓音輕得令人心慌——

「我們分開一陣子吧。」

那彷彿分手的句子，讓奧杰神色一凜。

日光下，倪樂彎起的嘴角帶上諷刺的弧。安靜的中庭裡，沒有圍觀人群，只有他們定定地望著彼此，卻像被推上法庭接受判罰的男女，在陪審團的見證下，被法官宣判分離。

所以原來是這樣的。

兩個相愛的人，有時連交往都不需要，就能分開。

庭子裡散發香氣的花草隨風搖曳，香味幽微地飄過倪樂發酸的鼻間。

她想起她身上的氣味。

生下她的、聲稱不會當母親的女子，在紅色的房間裡抱上她哭泣時，她身上散發的氣味。

刺鼻，強烈。

那是不懂得愛的氣味。

她慣用的香水，混合驚慌失措的汗水味。

要怎麼正確地愛一個孩子呢？不懂得這一切的女子，終究不是沒有愛。

看見奧杰淌下淚水的時候，倪樂真的明白了這一點。

＊

——對不起，媽媽對不起妳……

——媽媽不會當媽媽，對不起……

不是不會。

倪樂知道，只是要學會，是那麼地困難。

現在的倪樂終於能夠釋懷生母的選擇。每當她回想起生下她的那位女子，她都只想得起女子抹著美豔妝容的年輕臉龐，像是她永遠都只會停留在那一年，她的歲數和那間紅色的房子一樣，對倪樂而言，都是不會改變的。

可這一刻，倪樂懂得了一件事。

她知道那位女子的悲傷，在於她發現自己傷害了小小的倪樂。

她知道那位女子之所以將她送養，在於害怕自己再次傷害她。

這些她早就明白，可如今才懂了。這或許是一個真正愛她的人才下得了的決定。女子並不懂得如何當好媽媽，但基於愛，於是淚眼婆娑地將孩子交給一個更好的家庭，放進一個更好的環境。

女子還需要時間學習作為更好的人，足以照顧孩子的人。女子並不是永遠停留在那裡，女子是會改變的。

倪樂想，或許奧杰和她之間，也是一樣的。

他們還需要時間，學習怎麼愛得四平八穩，他們終於會改變，或好或壞，都比膠著來得好一些。

這是他們分開後的第二個月。

氣候正式入冬，倪樂穿起她一貫的黑色高領毛衣，連身裙溫暖地服貼在她玲瓏有致的高䠷身段上，她盤起長髮，披上漆黑的羊毛大衣，踩進一雙黑灰色的霧面皮靴裡。她拾起皮包，拎了掛在門邊的鑰匙，走出房門。

自從與奧杰拉開距離，每個上班日她都會提早一小時出門，既能完美地避開奧杰，又能悠哉地等待公車。

他們仍是搭檔，還是秉持著專業態度一同出席會議，同一陣線、統一砲口地炸得各部門毫無反擊能力，順勢一次次達成他們的目的，創造一個個銷售冠軍產品。

可是公司上下都感覺得出，他們不一樣了。

他們不再形影不離，不再對著彼此笑出職業笑容以外的神情。

他們偶爾閒聊，握手，肯定彼此工作上的努力，然後轉身，朝不同方向走去，頭也不回，只能聽見毫無遲疑的皮鞋步伐，與輕盈連續的跟鞋聲響。

倪樂和奧杰對於「給彼此一些空間」這樣的共識其實並不慌亂，他們平靜地接受，用各自的步調生活。他們親眼看過對方找到情人、失去情人，在過往的日子裡，他們也是這樣站遠距離，給出禮貌的笑容、得體的鼓勵。

他們畢竟為了彼此做過太多努力，以至於這兩個月，是那麼得心應手。

「太強了，雙人榜上又是倪樂和奧杰第一名。」

「單人榜呢？」

「我不知道，還沒看，但上個月是奧杰。」

「那我看這個月就是倪樂了、跑不掉。」

清晨，鞋廠大廳的打卡處聚集了一小群業務，他們一邊提著便利店早點，一邊說起他們公司裡每個月必聊的話題。

外界傳言，倪樂與奧杰任職的鞋廠之所以能獨霸代工市場，除了製鞋部有許多專業人才外，就是業務部相輔相成的獨特制度。

一般人對於業務的認知，無非舌燦蓮花地在廠商間單打獨鬥，可他們的鞋廠卻設立了「單人業績排行」，與「雙人戰績榜」。這是看準了業務通常擅長用自己的一套方法獲取客戶認同，可開發客戶後，後續的協調、來回談出品牌與自家製鞋部之間的共識，則是單靠一位業務難以承攬的重擔。

於是，他們的鞋廠訂立了規矩，業務獨自開發了多少客戶，或開發多少同樣客戶的不同鞋款，都算在單人業績；至於需要耗費更多精力、更多面向，甚至需要用更客觀角度來執行的對外對內的協商，則算進雙人戰績，用搭檔的模式，讓兩人以上的業務運用互補概念共同面對客戶、給予更彈性的服務，同時緩解每位業務的壓力，一旦完成訂單，就會增加雙人戰績的積分，作為業務搭檔的獎金加給標準。

倪樂對於開發客戶相當在行，她自己明白，不只是基於她擅長以數據操作好的推銷方案，她的外型與談吐，也為她加上不少分。

奧杰一直知曉這點，可直到他們說好保持距離的第三個月，他才隱隱察覺，倪樂的外型與談吐為她帶來的，不只分數。

「游經理。」倪樂走入客戶公司的會議室時，很快向一位年約四十幾歲的男性經理點頭致意，並介紹起身邊偕同前往的奧杰：「這是我同事，奧杰。今天一起來細談上次敲定的新一季鞋款。」

身型削瘦的游經理上前握了握倪樂的手，瞥了一眼奧杰，笑容有些奇怪。「之前不都是妳一個人來嗎，怎麼這次還需要找幫手了？」

倪樂聽著一笑。「游經理，你是第一次和我們公司合作，有所不知。我們公司進入鞋款細修階段，都是兩人一組來為合作方提供服務的，這是周全起見。」

「啊，是嗎？」

游經理笑了笑，而奧杰立刻遞上名片。

「游經理，初次見面，接下來還請多指教。」

「好、好，先請坐吧。」游經理收下名片後先行入座，待倪樂與奧杰坐定後，開始針對上一次會談結果提出意見：「上次倪小姐提供的設計稿與選材資料，我們行銷團隊已經看過了，原則上色彩方面會希望再明亮一點，畢竟預定在夏季推出，鎖定學生族群，媒材上也希望再輕盈一點，可能需要再斟酌修改。至於鞋型，基本上不用大修，我們很中意貴公司的發想，像這樣大膽新穎的運動鞋，還是最能帶動潮流。」

奧杰聽著，很快在冊子上記下修改重點。倪樂則端莊地頷首，負責應和。

「謝謝游經理的肯定，既然是夏季，確實把彩度調高一些會更亮眼，我們回去會立刻重畫設計稿。」倪樂說道：「那麼您剛才提到的鞋型方面，會有詳細的圖樣參考嗎？」

「有，剛請助理去印了，等等會拿過來。」

「好的。」

「妳是不是剪頭髮了？」

突然的話題轉換讓奧杰停下記錄，望了過去。只見坐在倪樂右手邊主位的游經理伸手撫摸起倪樂的長髮，從頭頂、耳際，一路順到略微捲曲的髮尾。那黏膩的手勢讓同為男人的奧杰一下子嗅到了些什麼。

倪樂抿出一弧微笑，以伸展筋骨的姿勢往後挺直了背脊，順勢避開並不打算收回手的游經理。

她隻手指了指自己平直的瀏海。「稍微修了點。」

「這樣好看。」游經理讚許地點點頭，眼神晃在倪樂臉上，像在欣賞展廳裡的藝品。

就在奧杰蹙眉想說些什麼時，會議室的門被敲響，女助理緩緩推開門，送上印好的資料。女助理看見坐在游經理身邊的倪樂後，明顯彎腰致意，還畢恭畢敬地說了聲打擾了，才離開會議室，還不忘把門帶上。

奧杰越發覺得不對勁。

然而倪樂只是老神在在地翻閱起助理送來的文件，上頭印有倪樂上一次帶來的初稿，下方則詳細註記了對方希望的修改項目。倪樂掃視了一遍，皺眉指著其中一條備註。

「游經理，關於這一項，鞋體腳背的地方希望壓低……依我們以往製鞋的經驗來看，很可能讓消費者運動時感到不適，恕我直言，就市場接受度的趨勢來說，這畢竟是運動鞋，美觀還是放在其次，重點擺在舒適度，上市之後會更好賣一點。」

游經理聽著不住頷首。「也對，妳說得有道理。我再去和我們團隊討論看看，如果確定不修改鞋面形狀，就照妳說的做吧。」

「好的，不過游經理放心，鞋舌和鞋頭蓋的部分，我們可以再微調一下形狀，讓整體視覺上更前衛一點。」

「好！」游經理一激動，一隻手直接握住了倪樂擺在桌上的右手。「很好，聽妳這樣形容，我都已經開始期待了！」

奧杰起身，隨手抓了桌上的文件就湊到游經理與倪樂之間，成功讓倪樂順勢抽回被握住的右手。

「游經理，我這邊有畫出本案進度的甘特圖，您過目一下。」奧杰笑容和煦卻眼神陰暗地向游經理笑道：「鞋型的調整自然是必要的，但也要顧慮到先前經理您指示的預售日。」

奧杰近距離逼視游經理，語句有禮，卻語氣陰沉地壓低聲線：「接下來，讓我們在緊迫的時間內擺對重點吧。」

游經理一愣。

倪樂一下子聽出弦外之音，這無非是在諷刺游經理開會不開會，把重點放在揩油了。她趕緊發出銀鈴般的笑聲，刻意嗓音甜膩地開口：「我們奧杰就是個時間控。游經理不好意思啊。他這也是為了全局著想，您別放心上。」倪樂一面笑道，一面在桌下扯奧杰的衣襬，示意他回座。

奧杰察覺了，惡狠狠地瞪她一眼。

三秒的眼神對峙後，奧杰不著痕跡地以鼻息嘆息，坐回了倪樂的左側。而游經理則掃視起手中的甘特圖，上頭工整條列了所有製程的細節與相應的期程規劃。

「不得不說，奧先生心細縝密啊。」游經理朝奧杰微笑起來，笑容裡卻也多了幾分敵意。「這份文件我也會交給團隊，讓兩邊窗口跟好進度。奧先生不用這麼緊張多慮。」

這話間的煙硝讓倪樂繃了臉，趕緊陪笑。

「好的、好的。太感謝了。」倪樂為了安撫游經理而傾身湊近對方，笑得雙眼彎溜。「那麼關於鞋面設計，再請告知我們討論結果。鑑於貴公司預定的上市期在即，這次調整好，會直接把設計稿發給窗口，確認沒問題就開始打版，屆時再與您約時間，將樣品拿來給您過目。」

說完，她在男人試圖靠近她的臉時順勢後退，由帶著滑輪的皮椅上起身。她轉頭示意奧杰，奧杰這才面色森冷的站起，硬是戴上職業笑臉。

「那麼我們先告辭了。」奧杰簡直耗盡全身力氣才抑制住上前揍人的衝動，拿起桌面上的文件與冊本，微幅欠身。「謝謝貴單位的指示資料，我們回去必定照辦。」

然而游經理壓根不在乎奧杰說著什麼，只意思意思地點頭致意，視線膠著在倪樂溫婉微笑的臉上。

就在送他們步出公司時，游經理在大門拉住了倪樂，一隻手在倪樂的腰間遊走。

「我看下次妳自己來就可以了。」游經理刻意半開玩笑地說道：「妳同事從頭到尾也沒說上什麼建議，只顧著催時間。」

倪樂自然知道對方打的什麼主意，她瞥了眼走在前頭，正與游經理助理對話的奧杰，又望回對方飽含深意的雙眼。

「我同事今天不在狀態，他平時比我厲害多了，這次真的不好意思，讓游經理見笑了，還望多多包涵。下次我們一定會表現得更好。」

「妳唷。」中年男人輕捏了下她的鼻尖，又輕撫了她的臉。「年紀小小的，就這麼會說話，真不得了啊。」

倪樂笑開了眼，不著痕跡地加快了幾步以閃躲更多肢體接觸，回頭向游經理深深鞠躬。

「過獎了，我會多多鑽研學習，希望日後有更多機會替貴公司服務。」倪樂直起身時，揮了揮手。「下次見，游經理。」

接著奧杰終於擺脫那位針對鞋品不斷叨絮的助理，轉身同倪樂向游經理道別。

在回鞋廠的路上，倪樂坐在奧杰的副駕駛座上，望著車窗外一言不發。打著方向盤的奧杰也不說話，他們都知道，在剛才的會議中發生了些不好言明的事。

然而奧杰終究不是會放任這種事的人，尤其是發生在倪樂身上。

「以後這間公司的案子都由我去談，業績算在妳那裡。」

「你知道那是不可能的。」

倪樂轉過頭，望著直視前方車潮的奧杰。只見奧杰眉間蹙得死緊，抓握方向盤的雙手捏得青筋浮起。

「那這間公司的案子做完這一單就不要再接了。」

「奧杰，不要開玩笑了。」倪樂的聲音理智而平淡。「你看過我為這間公司分析的前景，論市場熱度和接受度，絕對是值得咬住的大魚。我很看好他們，而且你剛才也見識到了，他們反應快速、要求明確，這對日後合作幫助很大。」

「呵。」奧杰禁不住冷笑。「因為這樣，妳就寧願被毛手毛腳？」

倪樂聽得出奧杰隱忍的惱怒，不打算掀起爭執，再出言的嗓音依舊平和：

「我知道你擔心我，我自有分寸。」

「可是他沒有分寸！」

奧杰拍打了下方向盤，強壓怒氣，深呼吸起來。要不是他曉得倪樂為這一單付出了多少努力、做足了多少準備，他剛才就差點要在那間密閉的會議室翻臉了。

「奧杰，冷靜點。」倪樂望向前方擋風玻璃，緩著語氣：「出來工作，這種事情你以為我碰到的還少嗎？職場騷擾並不稀奇，也不是說逃避游經理之後就再也不會碰上這種事，說穿了，身為女性，本來就要有自己的一套辦法保護自己，同時達成目的。今天只是對方沒把你放在眼裡，比其他慣犯更鬆懈了而已，要不然你想，你先前怎麼就沒發現這個問題？你以為游經理是第一個？」

奧杰簡直不敢相信自己聽見什麼，他幾乎不敢去想像那些畫面，倪樂一路走來是如何微笑著忍受每一次觸碰。他咬緊牙關，呼吸變得粗重。

「所以妳是什麼意思？為了達到目的，妳能一而再再而三的犧牲色相嗎？」

「沒那麼不堪。」倪樂勾起脣角。「我也是有帶腦的，知道輕重。不讓對方得逞還能給對方臺階，這是最基本的功課，道理放在職場騷擾還是商業談判，都是一樣的，只是工作的一環。只要我還在職場，就不可能杜絕這種破事，你也不能因為這樣就阻止我工作，就因為你太懂我。」

「什……」

「因為你從來不勉強我，你知道我的個性，我需要工作。就像你先前勸我別嫁王辰一去當少奶奶時一樣，你知道那不是我的風格。」

奧杰聽著，不由得咬緊了牙。他一面開車，一面氣得臉紅脖子粗。

他想放聲怒罵，想將她按在車椅上親吻、告訴她我改變心意了妳現在就辭職讓我養妳，可握緊方向盤的男人一句話也說不出口，他知道倪樂說的全是事實，她並不是想被豢養的性格，他更無權操縱她的任何決定。

於是奧杰所有的憤怒和不甘，只能全哽在咽喉，無從宣洩。

像是被「為她好」，逼迫著無權為她好。

＊

倪樂注意到，自從上次的事件，奧杰就對她特別嘮叨。

「我覺得妳可能穿太短了，最近還沒完全回暖。」

「妳拿著。防狼噴霧，放包裡好拿的地方。」

「等一下去拜訪客戶讓我坐客戶旁邊。」

「妳今天香水噴太重了。」

倪樂完全能明白他的用心良苦，可是——

「你真的有點煩了你知道嗎？」

「我知道啊。」

奧杰滿不在乎地回應，並肩和倪樂走在公司走廊，繼續翻閱這一次的訂單。窗外灑入廊道的日光刺眼，倪樂瞪過去，只瞪到奧杰逆光的剪影。

奧杰察覺目光後低頭，只見倪樂困擾的雙眼被陽光照得明亮，不由得泛起笑意。他們稍微停步，人來人往的走廊上，飄搖著被光線照得晶瑩旋轉的塵絮，倪樂站在他眼前，像個不食人間煙火的女孩，所有的塵埃彷彿與她無關。

可他再清楚不過，她耗費了多少努力，才讓自己不至於被塵土掩埋。

過了這些天，冷靜下來的奧杰其實明瞭倪樂完全知道怎麼保護自己，可世界上有太多萬一，他只能用盡一切方法，試圖避免那些可怕的遭遇落到她的生命裡。

他知道，她為了達到目的，能如何勉強自己。

奧杰伸手撢掉黏在倪樂眼睫上的棉絮，短暫與她相望後，牽起嘴角。「妳說對了，我不會勉強妳放棄工作，因為我知道這是妳想要的成就感，妳應得的。可是妳也不能勉強我不去擔心妳，因為那是我想要的。我想要至少在這種『保持距離』的狀況下，起碼做點什麼。」

奧杰的視線掃過她的毛呢連衣裙，又補充：「明天開始穿多一點。」隨而自顧自地往前走去。

倪樂低頭審視自己的穿著，她都已經穿厚褲襪和長靴了！

「想熱死我啊。」

她喃喃咕噥，皺著眉頭加快腳步，跟了上去。

當天中午，他們在公司的露天平臺上討論下午即將召開的會議資料，原因是奧杰的菸癮犯了，他們無法在室內進行會前會。

倪樂斜瞄了一眼吞雲吐霧的奧杰，又瞅回桌上的文件。

「為什麼又突然想抽菸了？前陣子不是控制下來了嗎？」倪樂拿筆一面在紙

張上註記待會的臨時動議，一面問道：「是我們之間的事嗎？」

奧杰站在露臺邊，背靠欄杆。

他吐出一縷煙絲後，注視著倪樂精緻的側臉。

「是又如何。」

奧杰的聲嗓在菸的燻渲下，尾音沙啞。

倪樂停下書寫的動作，望向前方的空座位，奧杰的隨身冊本攤在桌上一張張紙本資料之間，頁面上，是方才奧杰隨筆畫下的塗鴉。十三年來，倪樂之所以也有了塗鴉的習慣，全是因為奧杰。

她偶爾會天真的覺得，模仿了他，似乎就能更理解這個人，也許哪一天，她也能認同他的所思所想，包含不肯結婚的做法。

然而十三年過去了。

他們仍保有自己的堅持，來到這裡。

倪樂盯著奧杰塗鴉的那條魚，冊頁上的魚拖著長長的尾鰭，上頭以紅筆及藍筆妝點上彩色的紋路。

「你為什麼一直畫同一隻魚？」倪樂下意識問出長久以來存放在心裡的問句。「以前每次你跟我一起等車的時候，不是在看書，就是在畫這條魚。後來我在你家畫室，看見你的畫布上也都是這條魚。」

奧杰吁出一道菸後，移開了目光，望向欄杆外。

「沒什麼。」他淡淡地說道：「只是小時候養過的一條魚。有次出遠門回到家，就看到牠死在魚缸裡。」

牠拖著長長的、偏光的彩色尾巴，在放置於樓梯旁的透明缸子裡，上下顛倒地浮在清澈的水面上。剛從外頭返家的年幼奧杰背著藍色的後背包，站在家裡的樓梯邊注視那幅畫面，沒有理會保母呼喚他去洗手的聲音。

那隻魚漂浮在水上晃盪，一旁的窗扇往魚缸裡投入陽光，讓那隻魚的尾鰭更加爍亮。

隨著回想，奧杰的眼中覆上一層陰霾。倪樂看出來了，下意識問：「你很喜歡那隻魚嗎？」

奧杰聽著，又往嘴裡送了口菸。

「嗯，大概。」他的話語彷彿和著煙霧，一同被不小心帶出口：「牠是餓死的，沒人去餵。」

那時，小小的奧杰不夠細心，他在參加學校五天四夜的行程前沒有交代好，沒人去撒飼料。雖然他在之後心裡偶爾會埋怨，當年那個保母應該自動自發的。

多可惜。

有了牠，像是整盆魚缸，甚至整個冰冷的家，都別緻起來。

「那你是責怪別人多一點，還是自責多一點？」

倪樂突然的問句，讓奧杰轉過頭對上她的視線。她明亮的眼珠子有如玻璃珠折射陽光，剔透得像什麼都能看得清楚。

奧杰打從第一次看見她，便察覺她和其他曾經他所遇過的人都不一樣。她的眼神沉靜，氣息安穩，她像是能夠明白這世界所有的悲傷，卻不為此悲傷。

真好。

奧杰看著她等待回答的模樣，白皙的臉龐線條溫柔，日光穿過露臺半透明的遮陽板，投下帶著淡淡色彩的光，她平直無伏的粉色脣瓣在光線下，像是那副柔軟的彩色尾鰭，游在他的眼睛裡。

真好。

有了她，像是整個世界，甚至他整個冰冷的人生，都別緻起來。

他想起那一年，站在魚缸前的自己。他真的太喜歡那隻死去的彩虹魚，以至於那天以後，在放學社團活動的油畫社室裡，屬於他的每一塊畫板上，都是那隻魚。

後來，他住的每一間房子都會有一個畫室。

他想畫滿那隻魚的每一個角度，像是這樣就能把牠的生命繼續，像是這樣就能贖完一些罪。

遇上倪樂後，他一直就想停止畫魚。

他想畫倪樂。

可是他不敢。

他知道魚難免會在等不到飼料的時候死去。

他無法想像倪樂在等不到他的承諾時，會如何真正意義上的離開。

他畢竟太喜歡這隻彩虹魚。

＊

奧杰與倪樂所謂的保持距離，已經持續到第四個月。

這一天是二月的第一個星期三。

氣候正式回暖，初春的氣息讓倪樂褪下厚重的大衣。清晨，她套上鏽紅色的薄針織毛衣，把衣襬扎進黑色及膝的毛呢窄裙，對著自家連身鏡審視自己。

她瘦了。

她摸摸自己略顯蒼白的嘴唇，束起長長的馬尾後，決定塗上暗紅色的唇膏。當她拾起披在化妝椅上的酒紅風衣，踩進一雙紅色高跟鞋，穿戴整齊走向門口時，她忽然感到好笑。

人們為什麼會覺得在蒼白的東西上塗滿顏色，就不蒼白了呢？

這段日子以來，她都是那麼蒼白。

倪樂看向矮桌上的一小疊白紙，紙上是凌亂的鞋款筆記，布滿字句。

自從奧杰坦承畫魚的原因，倪樂就再也沒有動筆塗鴉。甚至從那一天開始，原本還會閒談的他們，變得只在公事上交談。

真是蒼白啊。

她覺得他們之間就要像那疊白紙了，只用來寫滿工作中的字眼。

「唉。」

倪樂不禁嘆息，她希望昨晚收到奧杰發來的邀約簡訊，並不是在邀她談談是不是該永遠分開的話題。

她黑色的杏眼望回前方，心情沉重地打開門，終於還是依約來到隔壁402號房門口。她看了看腕上的錶，早上八點零五分，抬頭按下門鈴。

門被打開，奧杰站在她面前，對她微笑。

「妳來了。」

「嗯，抱歉，遲到五分鐘。」

「沒有，妳沒有遲到。」他把她拉進門，笑道：「妳有來，都不算遲到。」

倪樂踏進他的地盤，笑著瞪過奧杰一眼。「說過了，別跟我來撩妹這套。」

奧杰關上門，對她露出冤枉的眼神。「我是認真的。何況妳也不是妹了。」

她一愣，終於笑出聲音。

「混帳東西。」

奧杰看著她的笑容，稍微鬆了口氣。他們這段時間的疏離，讓彼此都有些心裡沒底。

奧杰已經有段日子沒看見倪樂帶笑的面色，以至於這一刻不由自主就多看了幾眼。然而當倪樂注意到他的注視帶著溫暖時，倒是緊張了起來。她立刻收斂笑臉，低下視線，眼珠子不自在地左右游移。

「所以你今天找我過來是要做什麼？還這麼大清早的，難得的特休還要我早起，最好是有重要的事。」

倪樂語氣硬派地遮掩緊繃，看在奧杰眼裡盡是欣慰。

他知道人在對一個人無所謂時，情緒是沒有喜惡的一片死海，在海面上，一切波瀾都不會讓漂浮於上的東西下沉，像是沒有任何原因能讓一個人沉到另一人更深的地方，好壞都不會影響到她充滿鹽分的心底。在海面下，則鹽分太高，生物無法生存，像是一顆心沒有可能為一個人感到慌亂，因為那裡並沒有感情能夠讓人生存。

倪樂這一刻的動搖，讓奧杰禁不住彎起嘴角。

還來得及。

在像是水族箱的、這個偌大的世界裡，於奧杰而言最美麗的生物在等待諾言如同等待飼料的期間，真正重要的東西，並沒有死去。

倪樂對於奧杰遲遲未應感到納悶，她偷偷望去一眼，只見奧杰滿眼笑意。

他伸手撫過她的臉，她知道自己不爭氣，但心底的蒼白漸漸溫熱起來，泛上一些不錯的色彩。

奧杰看出她眼底的變化，一下子笑開眉目，拉著她來到向陽的窗邊，讓她坐上窗前的古董木椅。

「坐好別動。」

奧杰給了指示，見倪樂乖巧地坐在椅上挺直背脊，笑著點點頭。

「很好。」

他轉身進了畫室，搬出一組畫架，架上是一塊純白的畫布。他一面備起畫具，一面說：「我想畫妳。」

「什麼？」

「我要畫妳。」

奧杰定定地回答，倪樂發現這一次，他說的是「要」，並不只是「想」。倪樂愣怔地看著奧杰拉著圓椅坐到她面前，畫布斜放，目光專注地將對面女人精緻的面容看進眼裡。

這張容顏他太過熟悉，像是熨燒在腦海，她對他展露的每一次悲喜他都沒有忘記，可他要畫的並不是過往任何一秒的倪樂，他要畫的，是此時此刻的女孩。

像是皮諾丘在經過刨削與鑿刻的過程，只是過程。在過程裡的皮諾丘是另一個皮諾丘，而不是終於對著木匠說出第一句話的小男孩。

倪樂並不明白為什麼眼前的奧杰有些不同，他看著她的眼神，比起好久不見、別來無恙，更像一種初次見面、請多指教。那是輕盈，帶著期待與憧憬的神采。

他和她是不是終於、有點改變了呢？

倪樂突然有些想哭。

奧杰澄澈的視線在她與畫布之間來回遊走，手上打底的畫筆，隨著他溫柔的力道順出她的輪廓，畫布上，她這瞬間的風采，與歷經波瀾終究洗鍊剔透的氣質，被奧杰一筆一劃地勾勒出來。

倪樂想起過往她曾塗鴉過的不同生物。

她其實明白，她在畫的，從來都是她自己。

她在她的森林裡，成為一隻又一隻不明白世間答案的動物，她曾經迷惑，用懵懂的眼睛見過令人嚮往或憎惡的風景，她受過許多風寒與滾燙，皮毛變得堅硬，難免把人刺傷，可是無論她變作什麼模樣，奧杰都是那麼喜愛。

那麼珍惜。

奧杰淺棕色的眼睛仔細瞧過她的髮，她的額，她的臉頰與輕輕抿起的嘴唇，那認真到幾乎炙烈的目光讓倪樂渾身無法動彈，她偷偷交握擺放在腿上的手，手指互相纏繞，她知道她正被非常珍重地對待。

他的畫冊上，只有那同一隻彩虹魚，他是真的、真的很喜歡那隻彩虹魚。

他是真的、真的很喜歡我呢。倪樂看著如此專心畫著她的他，想著這一切禁不住就笑了，笑得眼眶溼潤，挺直背脊的姿態更加有了自信。

她想起那句，奧杰曾對她說過的。

——我也希望我們能每一刻都需要彼此，如果哪一天我做錯了，妳隨時都能離開，因為是妳，所以我能忽略我們在一起的時限，妳明白嗎？

倪樂是能明白的。

她明白她一路以來的很多自信，其實是奧杰給的。她一直都知道奧杰對她的感情，給了她足以忘卻時間限制的底氣，只是她被自己的執著困著，像困在那個小小的倪樂躲藏的櫃子裡，年復一年，她變得太想要有個人說出那些老派膩人的答案。

倪樂微笑起來。

地面上，斜入窗櫺的日光投映出他和她此刻的影。窗上懸掛的兩束乾燥花，與輕晃的兩道樹藤形成的影，個別落到了他們的影上。

她看見自己的影子像長出了花束般的鹿角，而另外兩道枝葉蜷曲如山羊角的影，則落到了他的影子上。

倪樂又開始了想要塗鴉的念頭。

她的雙手仍不動聲色地擺在腿上，可她的手指已經不安分地些微顫動。她輕輕地以食指劃過空氣，以不驚動面前專注作畫的奧杰為前提，她也開始了自己的作畫。

她忍不住想畫，面前這位她親愛的山羊，曾告訴過她的。

山羊告訴了鹿

那些太過陳腔濫調　　關於我會愛你多久　　和

我為什麼愛你

不是那些直立行走的人類常說的天長地久　　和一見鐘情

鹿不明白

山羊說　　不明白也沒有關係　　是你　　都沒有關係

是你
所以我能忽視盒子底下的日期
直至死去

她想，如果他們在森林裡，如果她像那隻鹿一樣，站在那裡，她會不會比較能接受那隻山羊的說法呢？畢竟那裡可能沒有太多變數，那裡沒有奧杰說的巨大變化，沒有婚姻，沒有職場，沒有兩家人的磨合，可能也沒有太多情敵。

然後，那些像是零食盒子底下的有效日期，可能也就都不重要了。

就在倪樂想得出神時，奧杰突然停下了畫筆。

他看著低視著地上影子的倪樂，呼喚了聲：「倪樂。」

「嗯？」

倪樂抬起臉，以為是自己身為模特兒不應該低頭，於是趕緊坐直身子，正臉面向奧杰。

然而奧杰並沒有重新在畫布上下筆，只定定地注視著倪樂。

倪樂不解了，疑惑地歪首。

「怎麼了？」

「我想娶妳。」

奧杰突然地表態，讓原本一臉困惑的倪樂一下子錯愕了。

「什麼？」

「我要娶妳。」

奧杰說完，又開始下筆作畫，倪樂一瞬間像被按下暫停鍵，表情從原先的困惑變成一臉震驚。然而奧杰氣定神閒地望了望端坐在椅子上停頓的倪樂，又緩緩地描繪起畫布上的線條。筆尖磨過畫布的沙沙聲響，沒有間斷。

倪樂瞠目望著奧杰泰然自若的神態，還是不敢相信她都聽見了什麼，娶？娶誰？

「你要娶我？」

她下意識問出口，問得奧杰一怔，笑了出來。

「要不然妳娶我？」奧杰笑道：「妳好不好笑啊？當然是我要娶妳啊，怎麼，不願意？」

倪樂這才慢半拍地意識到自己沒有幻聽，她仔細端詳他的臉，奧杰的眼神並不輕浮，他堅定的目光帶笑，卻沒有半點玩笑意味。

他是認真的。

倪樂一顆心急遽躁動起來，讓她不由得臉頰一熱。

「是沒有不願意啦……」她不知道自己在說什麼，但她曉得自己發顫的嘴巴在動，她的聲音聽上去輕飄飄地：「可是你……不是不結婚的嗎？」

「是啊……」奧杰輕輕放下畫筆，伸手抹了下她的臉。「可是妳要啊。」

倪樂這才發現他抹過的地方一片潮溼，她無法克制地落下眼淚，淚水滑過她的臉，滴溼她的針織衫。她哽咽地笑。

「我要，那又怎樣？你又不是最近才知道我要。」

倪樂帶著些許控訴的聲音，讓奧杰禁不住笑開。

「可是我最近想通了一件事。」

「什麼事？」

「就算我能忍耐妳和別人結婚，我也不能忍耐妳『勉強』嫁給我以外的人。」

奧杰棕色的眸子明亮，他笑彎的眼柔軟得像一潭湖水。「妳是要結婚的人，這確實是我早就知曉的事，可是直到前段時間游經理騷擾妳那件事，我才突然意識到，妳就算勉強自己也要達成目的，那如果妳把結婚也當成一個目的呢？」

奧杰嘴邊泛起一抹無奈的笑意。

「光想到這些，我菸癮就犯了。根本是要我的命。」他又一次抹去倪樂臉上的淚水，笑道：「妳這傢伙為了完成結婚這件事，大可能又要勉強自己了。但我不可能去讓妳結一個將就的婚，既然妳堅持要嫁，那就得嫁一個妳最愛的、能讓妳快樂的。要找個這樣的人，想來想去，好像也只有我了。」

倪樂聽著，又掉淚掉得更凶，哭著咳笑開來。「什麼話……那不就是『唉、沒辦法，只好陪妳結婚了』嗎？」

奧杰被倪樂帶著哭腔的假設性語氣逗笑，連連搖頭。

「不是。」他說：「我的意思是，妳不能勉強，我不要妳勉強。妳是我最愛的倪樂，是世界上最好的。我不習慣說這種太濫情的話，但這是真的，這世界上我最喜歡的事，就是看見妳笑得真的很開心。」

「因為妳那麼好，所以妳得是世界上最幸福的人，妳不能有遺憾。我就是這麼看待妳的。」

因為妳那麼好。奧杰說。

他將畫架移開一些，拉著椅子坐近倪樂。他們的膝蓋碰在一起，奧杰傾身握住倪樂擺在膝尖的雙手，輕輕摩挲。

「我想給妳所有妳要的，像是從前妳要和誰交往，我都尊重，我給妳妳要的空間、距離，可一旦讓我知道妳要的不是他們，妳要的是我，我就會毫不客氣的介入。」

奧杰嗓音溫潤，目光沉穩地望著倪樂盈滿淚水的雙眼。

「妳知道的，如果妳要我，我就把我給妳。但妳可能不諒解，為什麼我唯獨在婚姻面前沒辦法低頭。我想讓妳知道，妳要我，這讓我太滿足，滿足到害怕一旦結了婚，很快，有一天我就不會是妳要的。更何況，比起從來就不是妳要的，我更害怕我是讓妳失望後，才變成妳不要的，因為那就會是我的錯，是我做不好，讓妳受傷了。」

他低下身段，將倪樂的手貼上自己柔韌的頰面。

「妳是我最不想傷害的人，倪樂。」

倪樂聽著，又一次掉下眼淚。溼熱的淚水止不住地漫過眼尾，劃燙臉頰，她哽咽地笑了。「那為什麼……還是改變主意了？」

奧杰揚起嘴角抓著她的手，側頭親吻她的指尖。

「我說過了，因為我不要妳傷害自己。」他抬起眼，認真地宣告：「沒有人能夠傷害妳，尤其是妳自己。」

倪樂望著那雙銳利的視線，心裡喀噔一跳。「我？」

「對，我最無法控制的就是妳。不論在工作還是生活上，我都有自信擋掉其他人對妳的傷害，而我，我雖然害怕無意間傷害妳，但比起妳傷害自己，還是我比較能控制我自己。妳太意氣用事了。」奧杰直起身子，眉宇間透著堅定。「這段時間我好好想過了，結婚會為我們帶來風險沒錯，但我更不能接受妳隨便找個妳不那麼喜歡的人嫁了，就這樣愚蠢的賠掉妳的未來，妳太有可能這麼做了，所以只好我救妳了。」

「救我？」

倪樂越聽越覺得哪裡不對，只見奧杰一下子露出正中下懷的笑意，吊高一側嘴角地往後靠上椅背。

他提高眉梢，對著倪樂笑道：「所以我就成全妳，讓妳嫁我好了。」

這久違的痞態讓倪樂一下子頓滯，立刻抽回雙手抹乾自己臉上的餘淚。

「我就知道！你這假心靈雞湯的人！」

倪樂氣憤地嚷嚷，正想起身，卻被先一步起身的奧杰按回椅子上，一張被彎下腰的男人吻得轟轟烈烈。

他側過狡黠的面容，抵在她的唇上低語：「誰假了。我說的都是真的。」

近距離的氣息溫熱地噴在她臉上，搔得她渾身麻癢。

妖孽！

倪樂抬眸瞪過他一眼。

「瞪什麼，親太少了？」奧杰邪氣地問，不等倪樂反駁，又掐著她的下頷一陣深吻。

直到倪樂喘不過氣地缺氧喊停，他這才放開她的嘴。

「混帳！」倪樂一呼吸到空氣就輪番罵咧，起身逼近他的臉強調：「人家求婚都要跪下緊張等半天的，就你這樣得了便宜還賣乖！」

奧杰對著她氣鼓的模樣感到好笑。「我得了什麼便宜？」

「明明是你想娶我，還委屈巴巴的只好讓我嫁你的態度！」倪樂豎起食指戳了兩下奧杰的眉心。「而且你別以為特地畫我，我就會感動涕零！」

「是感激涕零。」

「一樣。」倪樂瞪著滿面笑意的奧杰，雙手環胸。「說起來我起個大早給你當模特兒，還沒跟你收費呢。」

「我都要付給妳我的下半輩子了，還不夠嗎？」

「這什麼江湖郎中的話術？講得好像我不用付我的下半輩子一樣。」

「啊、騙不了妳啊。」

奧杰笑著將倪樂一把拉入懷裡，他雙手緊緊箍住她的背，溫熱的嘴就貼在她的頸邊。

「我很愛妳，倪樂。」

倪樂被擁得仰首，聽見那低沉的告白，她心中不由得泛起酣甜。她望著投上窗影的天花板，感到鼻酸。

「嗯。」倪樂輕輕回擁，一隻手拍拍他寬厚的背。「我知道。」

我知道。

奧杰。

我都知道。

倪樂一直曉得奧杰每一次熨在她身上的熱度，與之所以看著她的眼神如此柔軟的原因。

她一直曉得故事的章節。

她知道她和他會無可避免的相愛，他會輕撫她，告訴她很多很美的句子，像在海面下，那些如詩如歌的軟語，會化為折射日光的泡沫，冉冉上升。

她猜想，當泡沫消失在海面上，像是那些離開大海、終於還是死去的東西，她和他難免會過起平淡又偶爾吵鬧的尋常日子，各自奔忙。然後，也許哪一天，她會看著抽屜裡的一張紙，上面有她和他決定一輩子在一起的日期。

她會看著床上呼呼大睡、吵得她睡不著的奧杰，開始懷疑那個日期、那一天的自己是腦子進了什麼不乾淨的水，然後過去捏他一把。

他或許會被捏得疼醒，她爬上床時的搖晃，或許會讓他以為地牛翻身。快過來！到時他會這樣喊她，把她拉到他的身下，護她周全。

然後她會看著焦急環顧周遭的他，覺得那個日期、那一天的自己，還是有點道理的。

她猜想。

他們可能不是天造地設的一對，他們可能還是會為雞毛蒜皮的小事爭吵，他們可能會分開，也可能不會。

她不確定。

倪樂曾以為她知道故事會如何畫下句點，可這一刻，她望著天花板上的光影，聞著滿室油彩，與那麼用力抱著她的人，他身上有伴著溫度的氣味。

她不確定了。

在這麼多形形色色的人群中，可能還有更多更適合伴著她度過一生的人選，也可能有不必讓奧杰直面恐懼的女孩，可是——

可是他們那麼愛著彼此了。

身體裡，都裝滿了。

奧杰輕輕鬆開倪樂的腰，望入她泛起溼潤的黑色眼睛。他笑起來，一隻食指溫柔揩過她微揚的眼尾。她的眸子依然慧黠平靜，一如初見。他的笑容，也依然只在她面前顯得自在颯爽。

他們那麼愛著彼此了。

眼睛裡，都裝滿了。

他們再也看不見其他選項。

他們可能會分開，也可能不會，畢竟在最深的森林，最廣的海，最湍急的河與最高的山裡，有那麼多、那麼多美好的生物，卻沒有第二個倪樂與奧杰。

所以有一則故事，開始了。

當天午後，當戶政事務所的志工要他們看向鏡頭準備拍照時，倪樂閉上了眼。

「好，兩位看這邊。」

她滿足地吞嚥。她心中的默數，與人員倒數拍攝的聲音重疊。

「三。」

「二。」

「一。」

快門聲傳來以前，她睜開了眼，因為奧杰捏了捏她的手，一如曾經在西餐廳裡，被四方窗的倒影框住的完美時刻。

她轉過頭，看見身旁的奧杰對她微笑，眼神像是再無所求。

她鼻酸地綻開笑靨。

她睡醒了。

而她終於不需要再忘記，那件真正重要的事情。

——全文完